도배
선물 받은 두 번째 삶

정광수 지음

도배 선물 받은 두 번째 삶

발행	2021년 12월 31일
저자	정광수
펴낸이	한건희
펴낸곳	주식회사 부크크
출판사등록	2014.07.15.(제2014-16호)
주소	서울 금천구 가산디지털1로 119 SK트윈테크타워 A동 305
전화	1670 - 8316
E-mail	info@bookk.co.kr
ISBN	979-11-372-6859-3

www.bookk.co.kr

도배
선물 받은 두 번째 삶

정광수 지음

프롤로그
전 대한민국의 평범한 도배사입니다

올해 한국 나이로 50세를 맞이합니다. 50세면 "지천명"으로 하늘의 뜻을 안다는 나이인데 제겐 너무 과분한 단어 같습니다. 먼저 제 글을 읽어주시는 독자분들께 간단히 제 소개를 드리는 게 첫 번째 예의라고 생각합니다. 크게 내세울 것 없는 저는 무럭무럭 커가는 세 아들의 아버지이며, 20년 세월길을 함께 걸어온 한 아내의 남편으로 살아가는 대한민국에서 지극히 평범하고도 평범한 도배사입니다. 책을 쓰는 지금은 아직 생일이 지나지 않아서 외국식으로 계산하면 48세입니다. 이제는 한해 한해가 흘러가는 것에 아쉬움을 느끼며 무심히 흘러가는 시간을 애써서 붙잡고 싶은 나이인 것 같습니다. 평범한 가정에서 태어났고 학창 생활도 큰 고민 없이 친구들과 즐겁게 지내다 보니 공부와는 담을 쌓고 지냈지만 그런데도 무탈하게 고등학교를 졸업하고 대학교도 강원도 원주에 있는 종합대의 무역학과에 입학하였습니다. 그 후에 군대, 미국 어학연수, 그리고 IMF를 핑계로 갔었던 이스라엘에서 키부츠 자원봉사활동 등으로 긴 10년 동안의 대학 생활을 마쳤습니다. 그리고 졸업 후 30대 초반의 나이인 2001년도부터 사회 일을 시작해서 2015년까지 15년 동안 여성복 수출제조회사들에서 해외 영업직으로 직장 생활을 하였습니다. 그렇게 평범한 삶을 살아가던 저에게 고난의 시간이 두 번이나 예고도 없이 다가왔습니다. 첫 번째는 방글라데시에서 주재원으로 근무하던 중에 정기 휴가를 받아 한국으로 귀국해서 건강검진을 받았을 때였는데, 검사결과 갑상선 암이라는 진단을 받았습니다. 저와 아내는 놀라기는 했지만, 초기에 발견했기 때문에 연세대학교 병원에서 왼쪽 갑상선 절제 수술을 받았고 불행 중 다행으로 전이가 없어서 항암치료 없이 매년 추적 검사를 하며 지내왔습니다. 하지만 7년의 세월이 흐른 뒤 두 번째 어려움이 다시 저의 가정에 불쑥 찾아왔습니다. 2019년 11월 4일 우연히 혈뇨를 발견하여서 걱정되는 마음을 누르고 급히 인터넷에 관련 정보들을 찾아보았더니 여러 가지 경우의 수가 있었습니다. 전 전립선염이나 요로결석과 같은 작은 병이라 애써 믿으며 일하는 곳 근처에 있는 병원에서 검사를 진행하였습니다. 그러나 정말 믿기지 않게 왼쪽 신장에서 10cm나 되는 커다란 종양이 발견되었습니다. 병원 선생님께서는 신장암일 가능성이 매우 크다면서 바로 큰 대학 병원에 가서 신장제거 수술을 받아야 한다고 설명해 주었습니다. 그 당시 저와 아내가 느꼈던 큰 충격과 당혹스러움은 7년 전 갑상선 암을 발견했을 때와는 비교도 하기 어려웠습니다. 애써 놀란 마음을 가라앉히고 급히 여러 대학 병원들을 수소문했고 결국에는 아산병원을 수술할 병원으로 결정한 뒤에 여러 가지 검사를 마친후 그해 12월 3일 좌측 신장 전 절제 수술을 마쳤습니다. 수술결과 기적적으로 이번에도 다른 부위로 전이가 없어서 항암치료를 받지 않고 퇴원을 하였습니다.

지금은 1년에 2번씩 추적 검사를 하고 하루를 선물로 받았음에 감사하며 살아가고 있습니다. 수술 2년 차인 이번 가을에 4번째 검사를 받았는데 신장 수치도 괜찮고 전이도 없어서 얼마나 감사했던지 모르겠습니다. 첫 번째 걸렸던 갑상선 암의 종류는 유두암이었고 두 번째 신장암의 종류는 비 투명성 혐색소 암으로 두가지 모두 신기하게도 비교적 전이가 잘 안 되는 순한 암이었습니다. 2번의 암 수술과 정기적인 암 전이 여부 검사로 인해서 저는 삶과 죽음에 대해서 다른 사람들보다 좀 더 겸손하게 성찰을 하게 되는 것 같습니다. 인간적인 마음으로는 결혼 30주년인 60살이 되는 해에 아내와 호젓이 비행기에 올라 산티아고 순례길을 걷는 행복을 맛보고 싶습니다. 그리고 사랑하는 자녀들이 성인이 되고 결혼해서 제게 손주와 손녀들을 보여줄 그 날까지 이 땅에서 살고 싶습니다. 좀 더 욕심을 부려본다면 백발의 할아버지가 되어서도 아내와 햇살이 빛나는 아름다운 호수길을 헤이즐넛 향의 커피를 손에 들고 함께 산책하는 그 날까지 살고 싶습니다. 그러나 태어났던 날도 제가 정하지 못했던 것처럼 소중한 인연들과 헤어져야 하는 그날도 저스스로 선택할 수 없는 인생임을 잘 알고 있습니다. 식습관을 개선하려 노력하고 신선한 풀 내음을 품은 뒷산도 오르며 주기적으로 운동을 하지만 제게 남은 인생의 시간이 얼마나 될지는 도무지 알 수가 없습니다. 그러기에 늘 매사에 겸손하고 감사하며 살아야겠다는 맘이 들지만, 인간은 어리석은 망각의 동물인지라 솔직하게 글을 쓰는 요즘도 과거의 잘못을 자주 답습하곤 합니다. 게다가 이런 나약한 제 모습에 때론 실망스러운 생각이 들기도 합니다. 하지만 온전한 정신을 갖고 있고 정상적으로 손을 사용하여 글을 쓸 수 있는 이 소중하고 감사한 시간에 그동안 단편적으로 제 블로그에 담아 두었던 글들을 꼭 정리해 보고 싶은 생각이 들었습니다. 40대 중반의 나이, 혹독한 한겨울 속에서 벌거벗은 몸과 같은 맘으로 회사를 나와서 소중한 제2의 직업을 찾게 된 부끄럽고 솔직한 제 삶의 이야기를 저와 같이 큰 병을 얻으셔서 어려운 시기에 계시거나 치열한 경쟁 사회 속에서 하루하루를 힘들게 살아가시는 분들에게 조금이나마 나누고 싶습니다. 아직도 살아온 날보다 살아가야 할 날들이 더 많을 것이라고 믿으면서 삶을 진솔하게 나누는 동안 단 한 분이라도 저의 이야기 속에서 위로나 희망을 얻을 수 있다면 전 행복한 사람일 것 같습니다. 또 다른 한 가지 바람이 있다면 제 사랑하는 아들들이 잘 자라줘서 훗날 성인이 되었을 때 이 글들을 읽고 아버지의 삶이 어떠했는지를 조금이나마 이해해준다면 그 또한 제겐 깊은 감사와 보람이 될 것 같습니다. 마지막으로 못난 남편인 저를 늘 지지해주고 위로해 준 아내에게 이 지면을 통해서 진심으로 사랑하고 고맙다고 전하고 싶습니다.

차례

2 도배 적응기

3 도배 독립기

4 신도배 도전기

부록

에필로그

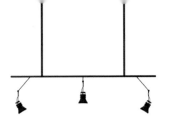

1 도배 입문기

여보 미안해 나 도저히 안 되겠어.

    대학을 졸업하기 위해 보냈던 마지막 학기가 기억납니다.
1997년 IMF를 지나며 경제는 극도로 위축이 되어있었고, 모든
이들이 회사에 취직하는데 무척이나 어려웠던 시절이었습니
다. 먼저 졸업한 선배들 중에서도 취업에 성공하신 이야기보다
는 계속된 구직 실패의 우울한 소식들이 더 많이 학교에 전해
지고 있었습니다. 중, 고등학교 시절 공부에 취미가 없고 그저
놀기만 좋아했던 제가 그 당시 선택할 수 있었던 대학교는 아
쉽게도 집 주위에는 없었습니다. 그래서 들어갔던 대학교는 강
원도 원주에 있는 상지대학교였습니다. 이 학교에서 즐겁기도
하고 슬프기도 했던 여러 경험과 추억들을 뒤로 하고 2002년 2
월에 대학을 졸업한 뒤 서른의 나이에 사회초년병으로 직장생
활을 시작하였습니다. 사회에 처음 발을 내디뎠을 때는 20대

시절 품었던 제 이상적인 모습으로 살아보고자 참 노력을 많이 해봤습니다. 하지만 시간이 흐를수록 치열한 경쟁 사회 속에서 살아남기 위해서 제 신념과 가치관을 우선하기보다는 타협과 거짓을 더 따르며 살아왔던 것 같습니다. 그러기에 안정된 직장 속에서도 제가 꿈꿔왔던 삶과의 괴리 때문에 자주 고민하면서 하루하루 무거운 발걸음을 옮기며 출근했던 기억이 떠오릅니다. 오랜기간 수많은 고민 끝에 30대 중반의 나이가 되었을 때, 전 정직하게 일해보겠다는 마음 하나로 멀쩡하게 다니던 직장을 내려놓고 헤드헌팅 사업을 시작하였습니다. 그 일을 시작하고 얼마 안 되어서는 월 천만 원의 수입을 올리기도 하며 승승장구하였지만 일 년 만에 사업을 접고 말았습니다. 제 사업경험의 미숙함도 있었지만, 결정적인 이유는 2008년 리먼 브러더스 사태로 인해 거래처들에서 추가적인 인력충원을 전혀 하지 않아서였습니다. 6개월간 한 푼의 수입도 없이 마이너스 통장으로 버티다가 가족의 생계를 위해 저는 예전에 다니던 회사 상무님의 제안으로 다시 재입사를 하였습니다. 그리고 저 홀로 방글라데시로 먼저 가서 일 년간 적응한 뒤에 제 가족을 데려와서 5년 동안 가족과 함께 해외 주재원 생활을 하였습니다. 그러나 여러 가지 사정으로 인해서 좋은 기회였던 해외 주재원 생활도 2014년 봄에 끝이 나고 다음을 위한 준비도 없이 가족과 함께 쓸쓸하게 귀국을 하였습니다. 한국으로 돌아온 후 40대 중반의 나이에 다시 직장을 찾으려고, 오랫동안 묵혀놨던 이력서를 손보며 수십 곳의 회사에 지원했지만, 면접 연락을 받은 곳은 손에 꼽았습니다. 일단 불행 중 다행으로 2곳의 회사에 최종합격을 하였고, 깊은 고민 끝에 입사를 결정한 회사였지만 그마저도 또 1년을 채 버티지 못하고 퇴사를 고민하게 되었습니다. 커가는 세 아들과 아내를 생각하면서 수없이 고민하며 지내다가 결국 전 아내에게 이야기할 수밖에 없었습니다.

"여보 미안해. 나 도저히 안 되겠어."

이 말은 제가 부끄럽게도 결혼 후 10년이 넘는 아내와의 동반 길에서 여러 번 이야기했던 말입니다. 처음은 사회초년병 시절 직장에서 계속 밤을 새우며 일하고 난 후 녹초가 된 몸을 이끌고 집으로 돌아와 아내에게 털어놓았던 때였고, 둘째는 정신적으로 힘들게 하던 상사의 지속적인 스트레스를 견디며 일하다가 결국 참을 수 없어서였고, 세 번째는 6개월간 생활비를 가져다주지 못하고 마이너스 통장으로 버텨가던 제 사업(헤드헌팅 회사)의 마지막 상황에서였습니다. 더는 이런 말을 안 하리라 마음먹으며 버텼지만, 공황장애까지 걸려 정신과 진료를 받고 약을 처방받으며 하루하루 쌓여가는 스트레스로 인해 삶을 놓고 싶은 마음마저 들 정도로 심신이 약해진 저는 결국 아내에게 회사를 그만두고 싶다고 이야기할 수밖에 없었습니다. 지난날의 제 모습은 참으로 끈기도 없는 어리석고 나약한 사람 같습니다. 그러나 언제나 그랬듯이 고마운 아내는 이런 저를 이해해주며 위로해 주었습니다. 그리고 같이 다른 방법을 찾아보자며 격려해 주었습니다. 나중에 알게 된 사실이지만 아내는 제 말을 들은 후에 우리 가족의 미래에 대한 두려움으로 늦은 저녁 집 근처 놀이터의 벤치에 앉아서 홀로 눈물을 훔치며 맘을 달랬던 시간이 있었다고 한참이 지난 후에야 제게 이야기를 해주었습니다.

결국, 2015년 40대 중반의 나이에, 참으로 무책임했던 저는 또다시 어디로 가야 할지 제대로 준비하지도 못한 채 회사를 스스로 나왔습니다. 손에는 구인정보지를 들고 한여름의 따가운 햇볕을 받으며 공원의 벤치에 앉아있었고 그저 흐르는 강물을 오랜 시간 물끄러미 바라보고 있었습니다. 앞날에 대한 걱정과 염려 그리고 두려움의 소용돌이 속에서 긴 긴 시간 동안 일어서지 못하고 주저앉아 있었던 그때가 다시 한번 가슴 시리도록 떠오릅니다.

도배? 그럼 어디서부터 시작하지?

　다음 단계를 위한 철저한 준비 없이 회사를 나왔었기 때문에 막막함이 많았습니다. 퇴사를 하기 전부터 미리 많은 시간을 두고 신중하게 알아봐야 했지만, 하루하루 숨 막히는 직장생활을 버틸 심적 여유가 없었고 퇴사 후에는 바로 생계를 유지해야 하는 저의 상황에서 제게 "여유"라는 단어는 사치에 불과하였습니다. 이미 하늘나라로 가버리신 부모님의 도움을 받을 수도 없었고 그렇다고 모아놓은 재산도 변변치 않았기 때문에 이른 시일 안에 새로운 직업에 정착해야 한다는 조급한 마음만 있었습니다. 이런 제 상황에 대해서 누군가에게 조언을 구하고 싶었지만, 주변에 진지하게 조언을 받을 만한 지인이 딱히 생각나지 않았습니다. 아니 솔직히 연락하고 싶지 않았던 것 같습니다. 그래서 도리 없이 인터넷 정보 속에서 답을 찾을 수밖에 없었습니다. 다만 막연하게 가지고 있었던 생각은 자본이 없는 상태에서 무리한 대출을 통해 자영업을 시도하기보다는 아직 건강하다고 생각한 제 몸을 갖고 땀 흘리며 일해 그 보상을 정직하게 받을 수 있는 일을 찾으려는 것 이었습니다. 그러나 막상 여러 가지를 알아보다 보니 그저 '막막하다'라는 단어가 제게 딱 맞는 상황이었습니다. 용접, 떡(빵) 기술, 귀농 그리고 호주 이민(기술직) 등 여러 가지를 조사해 보았지만 제 나이와 현실적인 제약 속에서 선택지가 많지는 않았습니다.

20대에 새롭게 시작하는 출발선이 아니었기에 더 생각은 많아지고 제2의 직업을 구하는 선택을 망설일 수밖에 없었습니다. 시간은 하염없이 계속 흘러가고 새로운 직업을 찾는 일이 절대 쉽지 않고 만만치가 않았습니다. 이번에 선택하면 더는 물러설 곳이 없었기 때문에 꼭 자리를 잡고 싶었습니다. 하지만 급하고 무리하게 선택해서 제한적인 시간과 재정을 허무하게 낭비하게 될까 봐 쉽사리 결정할 수가 없었습니다. 그렇게 인터넷에서 제2의 직업에 대해서 계속 알아보던 중에 정말 우연히 "도배"라는 인테리어 분야가 눈에 들어왔습니다. 전 살아오면서 기술직에 대해서는 제 직업으로 한번도 깊이 생각을 해보지 않았습니다. 대학도 인문계를 나왔고 회사도 사무직으로 15년 동안 해왔기에 저로서는 예상할 수 없던 방향이었지만 늦은 나이의 현실적인 면을 반영한다면 인테리어(도배)기술을 배우는 것이 제겐 확인해봐야 할 기회중의 하나라고 생각되었습니다. 다행히 제가 마지막 회사에 다니고 있을 무렵에 배움 카드를 만들어놔서 저렴한 국비 지원으로 실내장식(도배)기술을 배우기 위한 학원을 찾기로 하였습니다. 그래서 실내장식 (도배) 관련으로 인터넷을 계속 검색하면서 도배 관련 카페에 도 가입하여 제 고민과 사연이 담긴 긴 장문의 글을 써서 조언 을 받고자 하였습니다. 글을 올리고 잠시 시간이 흐른 뒤 제가 써 내려갔던 솔직한 글에 대한 답글들이 많이 달렸지만 거의 99%가 부정적인 반대의 글들로 도배되었습니다. 인테리어 분 야에는 아무런 인맥도 없던 제게 그런 부정적인 글들은 적잖은 위축됨으로 다가왔습니다. 전 비록 힘들게 땀 흘려 일할지라도 정직하게 일한 대가를 받아서 제 가족을 부양할 수 있기를 바 랄 뿐이었습니다. 그러한 계속되는 부정적인 댓글 속에서 오직 한 분만이 자신도 교회를 다니는 집사로서 정직하게 일하면서 만족하고 있으니 제게 도배를 배워보시라고 응원을 해주셨습 니다.

바싹 말라버린 모래를 품은 사막에서 찾은 에메랄드빛 오아 시스와도 같은 그 한 분의 댓글에 용기를 얻어 열심히 학원을 찾아본 끝에 수원과 군포에 있는 학원을 선택하였고 직접 방문 하여 상담을 받아 봤습니다. 두 곳의 원장님들 모두 친절하게 제 상담에 응해주셨고 전 결국 집과 가까운 곳인 군포에 있는 학원에 등록하였습니다. 그리고 학원 실장님의 제안으로 한 달 간 주간반에서 타일을 먼저 배우고 그 뒤에 3개월간은 야간에 도배를 배우는 과정으로 최종 결정을 하였습니다. 그리고 도배 를 배우는 3개월 동안은 생활비를 위해서 주간에는 아르바이 트를 꼭 구하기로 맘을 먹었습니다.

부푼 기대로 도착한 도배학원

다음 직업 결정을 위해 고민했던 그동안의 마음고생을 뒤로 하고 새로운 도전을 한다는 부푼 맘으로 첫 도배수업에 참석하였습니다. 저를 포함하여 6명의 학원생이 등록하였는데 다들 각자의 사연을 가지고 도배기술을 배우기 위해 오신 분들이었습니다. 강아지 사료판매 대리점을 하시다가 경기가 안 좋아져서 새롭게 기술을 배우기 위해서 오신 형님, 직장에서 영선업무를 맡다 보니 도배기술을 배울 필요가 있어 등록한 동생, 새로운 도전을 해보겠다고 병원 영상의학과에서 안정적으로 일하던 자리를 던지고 도전한 청년, 통신케이블 회사에서 출장 서비스로 일하지만 불안정한 직장의 미래 때문에 도배학원을 선택하게 된 동생, 직장을 다니지만, 손기술이 좋고 만드는 것을 선호해서 도배를 배우고자 등록한 형님 등 다양한 사연을 가진 이들이 한 동기가 되었습니다. 그래서 모두 도배를 배우고자 하는 간절한 마음과 열정이 느껴졌습니다.

　　도배 실장님의 한 시간 정도 이론 강의(벽지, 부자재, 도배공구 종류)를 마치고 난 후 본격적인 실습시간에 들어갔습니다. 생전 처음 허리에 차본 작업 벨트, 도배솔, 도배칼, 도배헤라등 생소한 도구들을 손에 쥐어보며 실습장 벽에 도배지를 붙여보고 다시 떼고 다시 붙여보는 연습과정이 제게는 익숙지 않아서 어색하고 힘들었지만 미래의 도배사를 꿈꾸며 새로운 기대감으로 재밌게 첫 수업을 마쳤습니다. 이후 진행된 3개월 과정의 도배수업은 최종적인 목적이 국가 도배기능사 자격증을 취득하는 것이었습니다. 낮에는 각자의 삶 속에서 열심히 지내다가 저녁 시간에 모인 6명의 학원생이 때로는 경쟁의식으로 때로는 동료의식으로 함께 어우러져 최선을 다해서 도배기술을 배워나갔습니다. 도배학원에서는 자격증 시험 전까지 대략 3단계로 나눠서 수업을 진행하였습니다. 첫 단계는 도배 정배를 하기 전 밑 작업으로 밀착초배, 보수초배, 공간초배를 배웠고 다음에는 실크벽지와 합지로 벽면과 천정의 정배를 하는 것이었고 마지막으로 한지 장판을 이용해서 바닥에 까는 연습을 하였습니다.

그 당시 넉넉하지 않았던 호주머니 사정으로 저녁에 학원 뒷골목의 국숫집에서 4,000원짜리 칼국수를 마지막 국물까지 호로록 비우고 난 뒤 늦은 밤까지 도배지와 씨름하며 기술을 배웠던 때가 바로 어제처럼 느껴집니다. 실크 벽지 천장 작업을 혼자서 연습하는데 손이 익숙하지 않아서 억지로 연습을 하다 보면 집에 가서 녹초가 되어 잠이 들었습니다. 다음날에는 목과 허리가 너무 아파서 학원에 가고 싶지 않았지만 포기할 수 없는 막다른 길이라는 각오로 걸음을 향했던 그 시절이 기억납니다. 게다가 도배 솔질도 익숙하지 못해서 계속 연습을 하는데 주위의 동기가 잘 처리를 해서 실장님에게 칭찬을 받는 모습을 보며 부끄럽기도 하고 부럽기도 한 날들의 연속이었습니다.

신축현장 창호 보조 아르바이트

인테리어 기술을 배우기 위해서 도배학원에 등록하였으니 갈 길은 정해졌고 이제는 도배 기술자가 되는 긴 과정까지 부족한 가정의 재정을 위해서 아르바이트를 알아보기로 하였습니다. 일단 아르바이트도 인테리어와 관련이 있는 곳으로 일해보고 싶었습니다. 게다가 과거 대학교 시절 건설현장에서 일해본 경험도 있었기 때문에 일을 하게 된 곳이 평택의 부영 아파트 현장 창호 시공팀 보조였습니다. 비록 도배 인테리어 일과는 직접적인 연관이 없어 보이는 일이라 할지라도 어떤 일이든지 겸손한 자세로 배운다는 마음으로 일하기로 하였습니다. 공고에 올라온 회사에 연락을 취하여 바로 다음 날부터 일을 시작하였습니다. 그러나 하루 일당 8만 원을 받으면서 고된 아파트 현장에서 일하다 보니 몸이 적응을 못 하고 관련 기술도 부족하여 여러 곳에 멍이 들기도 하였습니다. 제겐 정말로 육체적으로나 정신적으로 힘이 드는 시간이었습니다. 20대 중반의 나이에서도 버거웠던 일이었는데 40대 중반의 나이에 온종일 육체적인 노동을 하려니 정말 쉽지가 않았습니다. 그러나 삶의 막다른 길이라는 절박한 심정으로 "여기서 포기하지 말자"라고 저 자신에게 용기를 불어 넣어줬고 현재의 어려운 시간을 잘 견딘다면 나중에는 담담하게 웃으면서 추억으로 이야기할 수 있을 거로 생각하며 하루하루 묵묵하게 일을 하였습니다. 도배시험을 위해서 나중에 창호일을 그만둔 후에 함께 일했던 반장님께 얼마 시간이 지나지 않아서 안부 전화를 드렸더니 제가 원하면 다시 와서 같이 일하자고 제안해주시며 관련 기술도 가르쳐 주겠다고 하셨던 기억이 떠오릅니다. 이미 도배기술을 배우기로 마음을 먹었기에 정중하게 거절을 했지만 그래도 잠깐이나마 함께 일하면서도 참 정이 들었던 분들이었습니다.

오른쪽 엄지발가락 골절

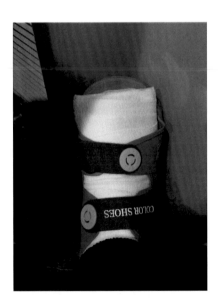

회사 일을 그만두고 인생의 다음 단계를 위해 고민을 하고 있을 때 생활비를 보태기 위해서 잠시 냉장창고에서 단기 아르바이트를 했던 적이 있었습니다. 그때 일을 하면서 손 지게에 왼쪽 발가락을 눌렸었는데 그 당시에는 "괜찮겠지" 하며 참았다가 도배를 배우기 시작하면서 시간이 지나도 낫지 않고 점점 튀어나오기에 병원에서 X-RAY로 검사하니 오른쪽 엄지발가락 골절 진단을 받았습니다. 사무직으로 몸이 편안하게 15년 동안 일했는데 주의하지 않고 갑자기 몸 쓰는 일을 하니 이런 결과가 생긴 것 같았습니다. "수술을 해도 100% 완치는 어렵고 게다가 수술비도 만만치 않다"라고 의사 선생님이 말씀하시며 "생활하는 데 큰 지장이 없으면 그냥 지내셔도 괜찮다"라고 하셔서 수술은 결국 포기를 하였습니다. 앞으로는 육체적으로 일을 더 많이 해야 할 텐데 더욱 조심해서 몸을 관리해야겠다고 생각하였습니다. 게다가 2주간 부목을 대고 있어야 해서 타일/도배 교육을 받는 게 더 힘들게 느껴졌습니다. 솔직히 이런 상황들이 제 마음을 가라앉게 하고 좌절도 되었습니다. 그러나 기운을 내고 긍정적으로 생각하기로 저 스스로 용기를 불어넣었습니다.

지금의 고난의 시간이 나중에는 감사했던 추억으로 남도록 오늘 주어진 하루를 성실하게 살아보자고 다짐했던 그 날들이 떠오릅니다. 또한, 소중한 제 아들들을 기억하며 힘을 내고자 했던 것 같습니다. 자신의 소신과 주관을 가지고 듬직하게 삶을 살아가는 첫째 준서, 양보하고 주위 사람들의 마음을 헤아려서 배려할 줄 아는 여린 둘째 인서 그리고 나이가 들어갈수록 자신의 약점을 고치려고 노력하는 사랑스러운 막내아들 현서를 떠올렸습니다. 이런 세 아들에게 부끄럽지 않은 아버지로 끝까지 포기하지 않고 달려가리라 결심하며 그 시간을 건너왔던 것 같습니다. 그리고 마지막으로 살아오면서 어떠한 상황에서도 제가 신뢰하는 그분을 바라보며 살아갈 힘을 얻었고 앞으로도 그럴 것입니다.

그리운 방글라데시 형제들

　오늘은 방글라데시 공장 사무실에서 주재원으로 근무 시 인연을 맺었던 Komal과 Sebok 두 형제들이 생각났습니다.

Sebok은 힌두교도이고 Komal은 무슬림인데 형제와 같이 지내던 그들이 무척이나 그리웠습니다. 특히 Sebok은 제가 직접 면접을 보며 뽑은 직원이었는데 초기에 가족과 함께 척박한 방글라데시 주재원 생활에서 정착할 당시 어려움이 생길 때마다 제일처럼 발 벗고 도와주었던 친동생 같은 직원이었습니다. 그러나 제 개인 사정으로 퇴사를 결심하고 Sebok에게 아쉬웠지만 상황을 설명해 주었고 마지막 헤어지는 날에는 남들이 보지 않는 사무실에서 멀쩡한 성인 남자 둘이 부둥켜안고 헤어지는 슬픔에 가슴 아팠던 생각이 지금도 납니다. 하지만 8년의 세월이 지난 요즘에도 가끔 화상통화로 반갑게 서로의 안부를 나누면서 여전히 인연을 이어가고 있습니다. 제가 여유가 생기면 꼭 항공권을 구매해서 Sebok을 한국으로 초대하여 함께 국내 여행을 하고픈 마음이 있습니다. 그리고 문득 어젯밤에는 방글라데시에서 근무했던 회사 사장님에게 연락해서 다시 근무하고 싶다고 말하고 싶었습니다. 그냥 Sebok이 그립고 현재 일을 배우고 있는 도배일이 좀 지치고 염려가 생겼나 봅니다. 심지어 고된 아르바이트일을 마치고 피곤함에 지쳐 잠든 날, 편안하게 회사 책상에 앉아서 업무를 보는 꿈을 가끔 꾸곤 했습니다. 잠에서 깨어나 꿈이란 걸 알게 되어 현실을 자각하게 되면 아쉬우면서도 다행이란 맘이 드는 건 왜인지 모르겠습니다. 전 지금 새롭게 시작하는 도배사로서의 길을 포기하지 않으려고 합니다. 오늘 하루 주어진 환경에서 최선을 다하면 반드시 결과를 얻을 것이라 믿어봅니다. 지나온 삶을 돌아보면 학창시절에는 모태신앙으로 삶 속에서 자라난 가치관과 신념을 순수하게 지켜가는 것이 그렇게 힘들지는 않았습니다. 그리고 대학 졸업 후 사회에 진출하여 회사에 다니며 정직하고 성실하게 일을 하려고 애쓰다 보니 어느 정도 인정도 받았습니다. 그러나 더 높은 곳으로의 승진과 성공 그리고 회사의 이익을 위해서는 자주 거짓과 부도덕한 일을 사용해야만 했습니다. 시간이 흐를수록 제가 지키고자 했던 가치관과는 동떨어진 현실에서의 제 모습이 참으로 밉고 싫었습니다. 그러기에 현재의 고난의 시간이 오랜 시간 동안 제가 소망해 왔던 직업을 찾는 과정이라고 믿어봅니다. 전 정직하게 일하고 땀 흘린 만큼 벌면서 가족을 지킬 수 있는 직업을 원했습니다. 그래서 아직은 한 치 앞이 안 보이는 긴 터널길이지만 절대 포기하지 않고 이 길을 통과한 뒤에는 제가 얻고자 했던 결과를 만날 수 있을 것 같아 기대됩니다.

첫 도배기능사 시험 낙방과 재도전

처음으로 도전한 도배기능사 시험에 부끄럽게도 떨어졌습니다. 전 지금껏 인생을 살아오면서 도전 후 실패했던 경험들이 성공한 경험들보다 많은 것 같습니다. 고등학교 시절 열심히 공부하지 못했기에 주어진 성적에 맞춰서 지원했던 학력고사 시험, 전기 시험에서 원했던 학교에 떨어졌던 기억, 순수하게 시작된 고등학교의 짝사랑이 대학교 시절의 첫사랑으로 변화되었지만 결국에는 헤어짐으로 남은 상처, 멋진 제복과 베레모에 매료되어 대학교 ROTC에 지원했지만, 성적과 체력검정에서 통과하고도 최종 면접에서 미끄러졌던 기억, 힘든 군대생활에서 겪어야 했던 어머님의 부고들이 하나둘씩 떠오릅니다. 전 도배학원에서 도배를 배우며 첫 도배기능사 시험을 준비하는 동안 나름대로 함께한 동기 중에서도 중간 이상은 된다는 자신감도 있었고 마지막 학원에서 실시한 모의 테스트에서도 아슬아슬했지만 시간 안에 통과했기에 실제 기능사 시험에 꼭 합격할 줄 알았습니다. 머릿속에 열심히 작업 순서도 암기하고 준비물도 몇 번씩 점검해가면서 시험 전날 쉬이 잠들지 못하고 잠을 뒤척이다가 다음 날 시험장에 들어갔고 시험관의 주의 사항을 듣고 나서 재료도 점검하며 긴장 속에 시험을 시작하였습니다. 기억 속에 있던 순서대로 작업을 진행하고 있었는데 재단을 마치고 나니 총 시험시간의 반이 훌쩍 지나버렸습니다. 제 예상보다 크게 늦은 진도에 당황하기 시작했고 벽 초배 작업 완료 후 천정용 실크 벽지를 가지고 몇 번이나 떼었다 붙이기를 반복하다가 간신히 마무리하고 벽 정배에 들어갔습니다. 소폭합지 첫 장을 붙이고 두 번째 장을 붙이는데 무늬도

안 맞고 몰딩의 재단도 엉뚱하게 하고 나니 너무 당황스러워서 자신감을 상실하였습니다. 남은 시간은 한 시간 정도였는데 도저히 시간 안에 들어올 수 없다는 절망감에 도리 없이 중도에 시험을 포기하고 말았습니다. 분명히 붙을 줄 알았던 시험이었는데 저 스스로에게 실망하여 낙담 되는 맘을 거둘 길이 없었습니다. 저를 포함해서 다 같이 지원했던 6명의 동기가 모두 떨어졌다는 사실도 제겐 큰 위로가 되지 못했습니다. 그저 제가 "최선을 다하지 못했구나"하는 자책감만이 밀려올 뿐이었습니다.

오랜 시간이 흘러 도배 일을 시작한 지 5년이 지나서야 신호현 명장님의 진심 어린 권유로 다시 도배기능사 시험을 준비하여 다행히 최종합격을 했습니다. 신축현장의 반장으로서 하루도 빠지기 힘든 일정에 있었기 때문에 다시 도배학원에 다닐 수도 없어서 저녁에 일을 마치고 퇴근한 후에 "유튜브"의 도배기능사 시험 영상들을 계속 보면서 틈틈이 현장의 재료를 가지고 연습하며 준비했었습니다. 시험방식도 첫 시험을 볼 당시와는 다르게 현장의 도배기술에 근접하게 변경이 되어서 감사하게도 제게는 많은 도움이 되었습니다. 그러나 시험접수를 위해서 사이트에 접속했는데 너무 늦게 신청을 했는지 서울과 경기권은커녕 전국적으로 시험을 치를 자리가 없어서 마지막으로 하나 남아있었던 부산의 한곳에 신청을 간신히 할 수 있었습니다. 하지만 오랜만에 여행을 간다는 기분으로 저 멀리 부산까지 (1박 2일의 일정) 시험장에 가서 시험을 치렀습니다. 5년간 현장에서 도배를 해왔기에 밀 작업에서는 좀 당황스러웠던 순간들이 있었지만, 정배를 하면서 모자랐던 시간을 충분히 해결할 수 있었고 최종적으로 도배기능사 시험에 합격하였습니다. 첫 시험에서 떨어진 후 언젠가는 시험을 다시 봐야지 하며 오랫동안 미루고 있었는데 명장님의 권유가 아니었다면 도배기능사 시험은 아주 늦게 지원했거나 아예 바쁜 삶에 묻혀서 지원도 못 했을 것 같습니다. 지금도 이따금 연락을 주서서 고마운 조언을 해주시거나 새로운 도전을 할 수 있도록 격려해 주시는 명장님에게 늘 감사한 마음을 가지고 있습니다.

이렇게 전 인생을 살아오면서 소망했던 일들이 이뤄졌던 경우보다 그렇지 않았던 경험들이 더 많은 것 같습니다. 그러기에 더욱 제가 평범한 사람이라고 느껴지지만, 이제는 운전 면허증, 2급 정교사 자격증과 함께 제가 얻은 세 번째 국가 인증 자격증이 "도배기능사"라는 사실이 참 감사하고도 소중합니다. 앞으로 살아가면서도 다시 소망하는 일들이 이뤄질지 또는 안 이뤄질지 모르겠지만 두 번의 큰 수술을 겪었던 저였기에 그저 감사함으로 살아간다면 그리 크게 실망하지 않고 잘 받아들일 수 있을 것 같습니다.

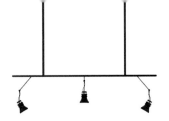

2 도배 적응기

처음으로 붙여본 거실 천장 작업

　낮에는 아파트 현장에서 힘들게 일하고 저녁에 퇴근하여서는 다시 도배학원에서 늦은 시간까지 땀 흘리며 도배기술을 배우는 제 모습이 안쓰럽게 느껴지셨는지 늘 친절했던 학원 실장님은 언제나 제게 따스한 격려를 해주시며 수업이 다 끝나면 꼭 좋은 곳에서 도배를 배울 수 있도록 소개를 해주신다고 하였습니다. 그렇게 비록 아쉽게 도배기능사 시험은 떨어졌지만 3개월간의 긴 여정인 도배 학원수업을 무사히 완료하고 학원 실장님의 소개로 도배를 배우러 간 첫 현장은 경기도 성남 위례신도시에 있는 포스코 아파트 현장이었습니다. 11월의 찬 새벽공기를 맞으며 도착한 첫날은 어색함과 긴장의 연속이었던 것 같습니다. 풀방에 도착하여 몸을 녹여줄 따스한 커피 한 잔을 마시는 동안 소장님에게 간단한 인사와 소개를 마친 후 바로 도배 연장을 챙겨서 일할 층으로 가게 되었습니다.

작업현장에서는 거실 천장 정배를 진행 중이었는데 소장님의 아내분과 60대 남자 반장님 그리고 베트남 출신의 30대 초반의 여성분이 일하고 있었습니다. 무엇을 해야 할지 몰라서 쭈뼛거리고 있었더니 사모님께서는 거실 날개를 붙여보라고 하셨습니다. 폭 60cm의 벽지를 긴장된 마음으로 붙이는데 방법을 몰라서 붙였다 다시 붙이기를 거듭하니 추운 11월의 날씨인데 이마에 땀이 송골송골 올라왔습니다. 그리고 몰딩에 붙인 벽지를 칼질하기 위해서 헤라를 대고 하는데 학원에서 연습한 도배 내용이 머릿속에 전혀 떠오르지 않고 실수를 거듭했습니다. 하지만 사모님께서는 제가 당황하지 않도록 친절하게 설명을 해주셔서 조금씩 작업을 이어갈 수 있었습니다. 몇 시간이 지나고 사모님께서는 반장님과 같이 주방 천정을 붙여보라고 이야기하셔서 함께 천정을 붙이는데, 천장 지가 찢어지는 실수가 발생했습니다. 그러자 반장님께선 소리를 버럭 지르시며 "왜 똑바로 벽지를 잡지 못하냐?"고 호통을 치셨습니다. 잔뜩 긴장한 저는 "죄송하다"라는 말씀을 드리고 소리 없이 일에만 집중할 수밖에 없었습니다. 긴장 속에 시간은 더욱 더디 흘렀고 결국 작업 완료 시간 저녁 6시가 돼서야 연장 벨트를 푸르고 풀방으로 돌아와 땀에 젖은 옷을 갈아입을 수 있었습니다.

처음에 일을 배우러 온 사람은 당연히 일이 익숙하지 않고 긴장의 연속일 텐데 왜 그렇게 호통을 치며 사람을 힘들게 하는지 그 반장님의 행태가 너무나 이해가 되지 않고 힘이 들었지만, 도배를 배워야 한다는 일념에 포기하지 않고 다음 날도 계속 출근하면서 일을 하게 되었습니다. 그런데 그 반장님과 한팀이 되어서 계속 일을 하게 되니 시간이 흐르면서 정도 들고 친하게 되어 호칭도 형님으로 부르게 되었습니다. 그 형님이 제겐 첫 사수가 되어 감사하게도 여러 가지 도배기술도 배울 수 있게 되었습니다. 그리고 형님께서는 나중에 알게 된 사실이지만 도배를 배우러 오는 사람 중 열에 아홉은 일주일도 견디지 못하고 그만두는 상황이 반복되다 보니 미리 정을 줄 필요를 못 느낀다고 제게 말씀해 주셨습니다. 처음에 와서 일하게 될 때는 사고의 우려가 있으므로 강하게 심리적으로 압박하여서 사고를 미리 방지하려는 의도도 있었다고 하셨습니다. "이런저런 이유로 어차피 못 견딜 사람은 미리 그만두게 하는게 서로에게 좋다"는 형님의 말씀에 진입장벽은 낮은 도배기술 분야지만 인정받는 도배사로서 완전하게 정착하는 것은 참으로 어려운 일이라고 다시금 생각하게 되었습니다.

첫날 일을 하러 가서 긴장 속에 일했던 거실 천장 도배 작업은 몇 년이 지난 지금도 생생하게 기억이 나곤 합니다. 지금은 신축현장의 동반장으로서 상황이 반대로 되다 보니 제가 새로운 분들이나 준 기공분들을 뽑아서 함께 일하는 때도 있었습니다. 물론 저 역시 안전을 최우선으로 생각해서 몇번이나 주의를 주면서 일을 가르치곤 했습니다. 다만 윽박지르거나 인격에 상처를 주는 말은 해보지 않은 것 같습니다. 잘 설명해 주고 반복적으로 연습을 시키면 거의 모든 분이 기술을 잘 습득해 가는 것을 보게 되었습니다. 이후에도 기술을 나눌 기회가 생기게 되면 전 계속 제 방식대로 해나가고 싶습니다. 맘이 여린 제가 그런 힘든 시절을 겪어서 그런지 배우러 오시는 분들에게 최대한 인격적으로 대해주고 싶습니다.

첫 급여로 받은 875,000원

　　학원을 졸업하고 신축현장의 도배직영팀에서 처음으로 받은 급여는 12.5일 동안 일한 875,000원이었습니다. 하루 일당이 7만 원이었는데 공사판 일용직을 해도 12만 원을 받던 시기라서 도배를 처음 시작하는 제게는 너무나도 가혹한 일당이었습니다. 가족 부양의 책임이 없는 20대 초반의 나이도 아니고 세 아이를 키우는 가장으로서 너무나 적은 급여로 인해서 결국 그동안 잘 간직해 두었던 보험과 적금들을 하릴없이 계속 해약을 해야 하는 상황이 되어 갔습니다. 그런데도 매달 벌어들이는 수입보다 지출되는 금액이 더 많은 상황이다 보니 도리 없이 아내도 직업전선에 뛰어들 수밖에 없는 상황이 되었습니다. 아직은 아이들이 초등학생들이라서 아내가 전업으로 일을 할 수는 없었는데 집 근처의 부업아르바이트를 하며 생계를 도왔습니다. 자동차 공장의 부품인 고무제품을 일일이 손으로 제거해야 하는 고된 수작업이었는데 부업가게에서 일을 마치고도 일감을 집으로 가져와서 늦은 밤까지 일하는 아내의 모습을 보며 마음이 너무나 미안하고 힘들었습니다. 시간이 지나 부업 일을 그만두고 초등학교의 급식보조 일과 마트에서 저녁 시간에 계산원으로서 두 가지 일을 병행하며 고생했던 아내를 떠올리면 맘이 아픕니다. 힘들게 일하는 아내와 커가는 세 아들의 모습을 떠올리며 이미 시작한 이 일을 절대 포기하지 말고 끝까지 견디겠다고 결심하였습니다. 도배사란 직업을 통해서 '아내와 세 아이가 편안하게 거할 수 있는 집과 세 끼 식사를 고민하지 않아도 될 정도의 수입만이라도 생긴다면 감사하겠다'라는 생각만 간절하였습니다. 그날이 언제가 될지는 모르지만, 꼭 처음 도배를 시작하면서 겪었던 초심을 잊지 말자는 마음을 스스로 다짐하게 되었습니다.

오랜 시간이 흘러서 책을 쓰는 지금은 그래도 처음 도배를 시작하던 그때와는 다르게 아내가 힘들게 홀로 일하지 않아도 될 정도의 상황이 되었습니다. 게다가 아내에게도 도배일을 가르쳤기에 앞으로 같이 일을 하게 된다면 좀 더 나은 환경에서 자녀들을 키울 수 있을 것 같아서 참 감사하고 고맙게만 느껴집니다. 비록 지금도 도배일을 할 때면 육체적인 고통이 있어서 힘들 때가 자주 있기는 하지만 50세를 바라보는 나이에 쉬지 않고 꾸준하게 일을 할 수 있다는 사실이 감사하고 건강이 허락되는 상황에서는 언제든지 계속 일을 할 수 있다는 것도 얼마나 소중한 일인지 모르겠습니다.

마음속의 나의 수민이와 석규

제겐 친 누님이 한 분 계십니다. 누님은 인생을 참 힘들게 살아오셨던 것 같습니다. 설상가상으로 결혼 후 매형이 갑작스러운 교통사고로 인해 세상을 떠나시면서 더 심해졌던 것 같습니다. 의지할 친정 어머님도 없는 삶 속에서 누님은 홀로 초등학생인 딸과 아들을 키워내야만 했습니다. 여성 홀로 두 아이를 온전히 키워낸다는 것은 실제로 경험해보지 못한 저로서는 상상이 안 되지만 힘들 때 제게 연락을 해서 어려움을 토로할 때면 맘이 너무 아파져서 도대체 진정이 쉬이 되질 않았습니다. 그 당시는 제가 해외에서 주재원으로 근무할 때라서 가까이 곁에 있어 주지도 못했습니다. 오히려 어떨 때는 제 상황에만 집중하여 누님의 힘든 상황을 외면하기까지 하였습니다. 남들보다 일찍 부모님이 하늘나라로 가버린 상황과 형님도 호주에서 생활하고 있기에 누님은 홀로 떨어진 외딴섬 같은 한국 땅에서 두 아이를 키워내야 한다는 게 큰 고통이었을 것입니다.

2014년에 제가 가족과 함께 한국으로 다시 귀국한 뒤에는 고마운 아내의 제안으로 고민 끝에 누님이 거주하는 안산으로 제 가족의 거처를 정하였습니다. 누님 옆에서 조금이나마 위로와 힘이 되고 싶었습니다. 게다가 너무나 소중한 제 조카들인 수민이와 석규 곁에서 살고 싶었습니다. 첫째 수민이는 성격이 서글서글해서 늘 제게 환한 웃음을 주는 아이입니다. 어려운 가정환경에서도 웃음을 잃지 않고 주어진 여건에서 열심히 공부해서 대학을 들어갔고 관광영어학과 전공을 살려서 제힘으로 외국에도 두 번이나 실습을 다녀온 억척스러운 아이입니다. 딸이 없는 저로서는 이 세상에서 꼭 함께 해주고픈 아이이며 훗날 삶을 함께할 동반자를 만나 결혼을 할 때 제가 매형을 대신해서 손을 잡아주고 식장에 들어가고 싶습니다. 또 아들같은 석규는 중학교와 고등학교 시절 공부와는 담을 쌓고 지냈지만 제 아빠를 닮아서 마음이 따스하고 친구들을 좋아하는 아이입니다. 어느 날 밤 누님이 다급히 제게 전화를 해서 석규가 화장실에서 울면서 나오지 않는다 하기에 부리나케 달려가 석규를 달랬던 기억이 납니다. 180이 넘는 키를 가진 다 큰 녀석이 슬피 울면서 제 품에 안기며 이야기하는 게 너무나 제 맘이 아파졌습니다. 그 후 석규는 본인의 의지로 대학을 가지는 않았지만, 고등학교를 졸업 후 바로 군대에 들어가 군 생활을 잘 마무리하고 제대한 후에는 보안회사에 취직해서 어엿한 성인으로서 제 삶을 열심히 살아가고 있습니다.

처음 도배를 배우는 시기였기 때문에 저는 여러 가지로 마음이 힘들었던 때마다 아내와 세 아들 그리고 누님과 두 조카까지 심적으로 책임져야 할 7명의 식구를 떠올렸습니다. 그 사실을 받아들이는 게 쉽지는 않았지만 그래도 함께할 가족이 있다는 것은 충분히 감사할 만한 사실이라고 믿었고 더 열심히 도배를 배워서 제 가족을 책임져야겠다고 생각을 하였습니다. 그리고 나중에 석규가 본인의 일을 열심히 해서 자리를 잡는 것도 좋겠지만 혹시 기회가 된다면 저와 함께 도배일을 같이 하는 날이 올 것 같기도 합니다.

땅끝 해남마을에 서다.

　도배를 시작한 지도 5개월에 접어들어 갑니다. 그러나 도배를 배우는 동안 익숙지 않은 우마에 계속 오르내리다 보니 몸이 약해져서 탈장 수술을 받아 한 주일을 쉬기도 했습니다. 그리고 예전에 의류회사에서 일할 때 알고 지내던 원단업체 사장님께서 같이 일해보자고 제안을 해 주셔서 고민 후에 합류하기로 했는데 결국 자금 사정이 나빠져서 없던 일로 돌아가기도 했고, 또한 제가 일하던 직영팀 일의 연결이 안 되어서 할 수 없이 집 근처 일용직 사무실에서 일을 구해서 단기로 일을 하기도 하였습니다. 그렇게 여러 고비가 있었지만 포기하지 않고 계속 도배일을 하고 있었습니다. 하지만 5개월이 되어서도 일당은 오르지 않고 계속 7만 원씩 받다 보니 안 빠지고 한 달 꼬박 일해도 180만 원 남짓한 급여를 받으며 힘겹게 버티고 있었습니다. 아파트 현장 일은 새벽 4시에 일어나서 평촌에 있는 소장님 댁 근처에 6시까지 도착하여 함께 현장으로 향하게 됩니다. 그리고 현장에 도착하면 작업복을 갈아입고 커피를 한잔 마신 뒤 7시 30분에 작업을 시작해서 화장실도 눈치를 보며 가야 합니다. 정말 숨 쉬는 시간 없이 새벽 7시 30분 부터 점심 12시까지 일을 하게 됩니다. 점심시간은 함바식당에서 먹는데 정말 일반인은 상상하지 못하는 저급한 품질의 식사를 하게 됩니다. 솔직히 처음 몇 달은 억지로 배를 채우기 위해서 먹다가 나중에는 번거로워도 집에서 도시락을 싸 와서 소장님, 사모님과 함께 풀방에서 식사를 하였습니다. 식사를 마치고 커피 한 잔을 하면 12시 40분인데 바로 작업을 위해서 준비를 하고 다시 현장으로 올라가야 합니다. 그럼 오후 1시부터 일을 시작해서 6시까지 쉼 없이 일을 해야 합니다. 이런 하루의 패턴을 월요일부터 토요일까지 6일 동안 계속 반복 하다 보니 일요일에는 오전에 예배를 드리고 오후에는 그냥 침대에 누워 그간의 피로로 쌓인 몸을 풀어주어야 다음날 월요일을 새로 시작할 수 있었습니다. 이런 반복적인 생활을 5개월간 계속하다 보니 저에게도 타성과 우울감이 찾아왔던 것 같습니다. 게다가 하루는 '곰방'이라고 벽지를 지하에서 풀방까지 수레를 사용해서 직접 옮기는 일을 했는데 같이 일하기로 했던 분이 오지 않아서 사정상 할 수 없이 저 혼자 벽지를 옮기게 되었습니다. 옮긴 물량이 10,000평이 넘는 수량이었는데 아침부터 저녁까지 계속 공방 작업만 하다 보니 다음날 몸살이 나서 출근을 못 할 지경이었습니다. 그래도 책임감과 오기로 지친 몸을 이끌고 출근을 하였습니다. 이렇게 계속해서 몸도 마음도 지쳐가니 언제까지 이런 생활을 계속할 수 있을지 자신감을 급격히 잃어갔습니다. 처음에 도배를 시작할 때 가졌던 초심은 온데간데없고 하루하루 대안이 없다는 마음에 '도살장에 끌려가는 소'처럼 눈물을 머금고 출근을 했다는 표현이 적당했던 것 같습니다. 이대로는 도저히 안 될 것 같아서 힘든 가정상황이었지만 아내에게 이야기하고 혼자만의 시간을 달라고 사정을 하였습니다.

그래서 가게 된 여행이 어머님의 산소가 있는 광주를 들러서 해남 땅끝마을까지 가는 일박 이일간의 짧은 버스 여행이었습니다. 아내의 배웅으로 전 집 근처 버스터미널에서 첫 여행을 시작하였습니다. 새벽 출근길이 아닌 한가로운 오전의 첫 버스 여행 시작은 그것만으로도 지친 제 몸과 마음에 위로가 되었습니다. 광주로 출발하는 버스 의자에 기대어 잔잔한 음악을 들으며 스르륵 잠이 들었고 금세 목적지에 도착해서 어머님 산소를 찾아가 뵈었습니다. 제 나이와 비슷한 50대 초반의 젊은 나이에 '간경화'라는 병으로 인해서 하늘나라로 떠나신 어머님의 산소에서 한참을 울었던 것 같습니다. "왜 좀 더 제 곁에 계셔주시지 않았느냐"고, 무엇이 그리 급하셨기에 우리 형제들을 놔두고 떠나셨는지 이유를 묻고 싶었습니다. 하지만 대답을 들을 수 없는 어머님 무덤 앞에서 전 한참 동안 말없이 앉아있었습니다. 그렇게 어머니 품 같은 양지바른 무덤을 바라보며 오래전 추억에 잠기다가 간신히 자리를 털고 일어나 광주 시장 근처에서 간단히 저녁만 해결하고 숙소로 들어가 잠자리에 들었습니다. 다음날 최종 목적지로 향하는 버스에 몸을 기대고 이런저런 생각에 잠기다 보니 금세 도착하였습니다. 처음 가본 4월의 땅끝 해남마을은 새로운 봄기운이 물씬 풍기는 '봄날의 따사로움' 그 자체였습니다. 약간의 비릿한 바닷바람조차도 저의 지친 몸과 마음을 상쾌하게 해주는 신비한 약처럼 느껴졌습니다. 그리고 전망대 밑으로 보이는 초록빛 바다는 저에게 깊은 위안과 안식을 주기에 충분하였습니다. 5개월간 새로운 길에 정착하기 위해서 정신없이 달려왔던 제게 한 박자 쉬고 재정비할 수 있었던 짧지만 소중한 시간이었습니다.

글을 쓰는 지금에서야 생각이 드는 것이 아무리 사람이 의지가 강하고 고난의 상황을 견딜 수 있다고 자신할지라도 때로는 쉴 틈을 주어야 한다고 생각이 듭니다. 한 발 더 내딛기 위해서는 마음을 가다듬고 숨을 고를 수 있는 시간이 꼭 필요한 것 같습니다. 도배사가 되기 위해서 5개월 동안 쉴 틈 없이 달려왔던 제게는 딱 맞는 숨 고름의 시간이었던 것 같습니다.

함께하는 동생들과의 행복한 시간

　직영 팀에서 일하는 동안 참 많은 사람을 만난 것 같습니다. 저와 같이 도배학원을 졸업하고 걱정 반 긴장 반으로 일을 하러 온 이들, 소장님에게 동을 맡아서 동 띠기로 일했던 수많은 동반장님, 벽 띠기로 와서 잠깐의 시간 동안 쉼 없이 일하고 돌

아가셨던 여성 도배사님들이 있었습니다. 그들 중에서 함께 알고 지내던 이들과 힘든 일과를 마치고 저녁 식사 후 차 한 잔을 마시는 시간을 가졌습니다. 도배일을 하지 않았다면 만날 수 없었던 소중한 동료들이었습니다. 여름에는 30도가 넘는 불볕 더위와 겨울에는 영하의 날씨속에서 돼지꼬리 히터로 데운 물에 얼어붙은 손을 녹여가며 함께 일했던 그들이었습니다. 지금은 도배일을 하지 않는 친구도 있고 연락이 끊긴 동생도 있지만, 아직도 종종 연락하고 잊을만하면 만나서 식사를 하며 정을 나누는 동생들도 있습니다. 소중한 인연들과의 저녁 시간. 정말 행복하고 즐거운 시간이었습니다.

앞으로도 계속 도배일을 하다 보면 수많은 이들을 만나게 될 것입니다. 그들과 도움을 주기도 하고 도움을 받기도 하며 살아가게 될 것입니다. 한번 스쳐 지나가는 인연이라 할지라도 그냥 무심히 넘어가지 않고 정성으로 대하고 싶습니다. 세상이 참 좁고 언젠가는 다시 만날 수 있는 인연이기에 진심으로 대하고 싶습니다.

도배를 시작한 지 만 2년이 되는 날

　오늘은 제게 매우 특별한 날입니다. 2014년 무더운 한여름의 7월, 여러 가지 사정으로 연봉 7,000만 원의 회사를 스스로 그만두고 새로운 도전을 위해서 8월부터는 한 달간 타일 학원에서 타일을 배우고 그 후 3개월 동안 낮에는 신축 아파트 현장에서 창틀 일을 하면서 밤엔 도배학원에서 도배를 배웠습니다. 그리고 2015년 11월 16일 드디어 아파트 도배직영팀에서 도배사로서 첫발을 내디뎠습니다. 그리고 만 2년이 흘렀습니다. 2017년 11월 16일 오늘입니다. 진심으로 만감이 교차합니다. 2년의 세월 동안 어떤 현장에서 무슨 일을 해왔는지 저 스스로 정리를 해보고 싶었습니다.

*신축 아파트 현장 7곳

(위례 포스코 현장->평촌 포스코 현장->위례 서희 현장->위례 GS자이 현장->신길 삼성 래미안 현장->서울역 GS자이 현장-> 시흥 한라 비발디 현장)

*신축현장 지원

(충남 아산 EG 더 원, 일산 한라 건설)

*일반 재도배 분야

(남양주 장식업체 9일-기초 작업,

실크&합지 벽/천장 정배)

(지인 어린이집-소폭 합지 벽 정배)

(지인 타이 마사지 가게 - 실크 벽 정배)

(이천 현장 한지 초배 작업)

(아파트 합지 & 실크 정배 작업 - 8회)

(우리 집 & 누님 집 실크 벽&천장 작업)

*하자/보수

(서창 LH 공사 아파트 현장->

붉은 반점 제거 후 도배 재시공)

지난 2년간 몸과 마음이 힘들었던 슬럼프도 있었고 육체적으로나 경제적인 어려움도 많았습니다만 포기할 수 없는 제 상황이었기에 묵묵히 하루하루를 견디며 지내왔습니다. 그렇게 시간이 흘러 2년이 된 지금의 제 모습은 참으로 행복하고 감사합니다. 물론 아직도 가야 할 길이 멀다는 것을 잘 알고 있습니다. 그러기에 처음 도배를 시작했을 때의 초심을 잃지 않고 자존심 있는 도배사로서 한 걸음씩 걸어가려 합니다. 아직은 배워야 할 것이 너무도 많은 초보 도배사지만 훗날에는 누구에게도 부끄럽지 않은 기술자가 되어서 제가 배웠던 기술들과 경험들을 새로이 배우게 될 후배분들에게 나누는 삶을 살아가고 싶습니다.

　　도배 7년 차가 되어서 글을 쓰고 있는 지금은 그 당시 2년 차가 되었을 때와는 또 다른 제 모습을 보게 됩니다. 그리고 여전히 배울 것이 많은 도배사라고 생각됩니다. 올해 7월부터 신축현장을 나와서 일반 재도배 분야에서 일을 시작했는데 아마 10년 후에도 늘 생각하며 배워가는 도배사일 것입니다. 그러나 변치 않는 것은 지금이나 오랜 시간이 지난 후에도 제 정체성은 대한민국의 자랑스러운 도배사라는 것입니다.

도배 명장님의 명품 "최종병기 롤러"

도배를 처음 시작하기 전부터 제게 큰 도움이 되었던 도배 관련 카페와 밴드가 있습니다. 도배에 대한 궁금점이 있을 때나 비록 도배에 관한 내용이 아니라도 제 삶에 관한 이야기를 나누고 싶었을 때는 언제나 그 카페와 밴드에 글을 올리곤 했습니다. 그러면 어김없이 여러 회원분들이 댓글과 응원을 보내주시곤 하였습니다. 너무나 감사한 마음 뿐입니다. 그중에서도 도배사로서의 힘든 길을 걸어가면서 저와 함께 걸어준 매우 소중한 동반자와 같은 카페가 바로 '도배지편전 카페'입니다. 비록 제가 쓴 글이 아니더라도 카페에 수많은 분이 올린 글에서 기술적인 도움뿐만 아니라 웃음을 얻기도 하고 위안을 받기도 했습니다. 물론 때론 제 생각으로는 이해가 가지 않는 글들이 올라올 때도 있었지만 그조차도 토론의 장이 되는 긍정적인 역할이 있었을 거라 믿어봅니다, 우리나라의 여러 산업 분야에서는 공식적이든 비공식적이든 전국적인 협회가 있는데 아쉽게도 지금까지도 도배 분야에서는 그런 전국적인 협회를 찾을 수가 없었습니다. 가까운 날에 같은 공감대를 가지고 자신의 직업에 자존심을 가질 수 있는 그런 도배협회가 탄생해 보길 기대해 봅니다.

이 카페를 통해서 직간접적으로 바라보았던 신호현 명장님은 진심으로 도배와 사랑에 빠지시고 온 인생을 바치신 분처럼 보였습니다. 올리신 글들의 내공은 제가 다 이해하기엔 버거울 정도로 깊이가 있었고 훗날에 본인만의 도배박물관도 만들어 보시겠다는 멋진 꿈을 가지신 선배님이십니다. 게다가 기존 도배 관행에 머물러있지 않으시고 효율적인 도배 공구개발이나

친환경 자재에 대해서도 일가견이 있으셔서 여러 가지 특허를 가지신 분이십니다. 그 결과물의 하나로 탄생한 롤러를 처음 대했을 때 전 가격에 매이지 않고 꼭 구매해서 사용해보고 싶다는 마음뿐이었습니다. 제 하루 일당을 투자하더라도 후회가 되지 않을 것이라 믿고 롤러 2개를 구매하였습니다. 롤러를 받은 후에 제 나름대로 이름을 붙여보았는데 '최종병기 롤러'라고 지어봤습니다. "롤러 구매가 머 그리 대단한 일이냐"고 말씀하실 수 있지만 똑같은 작업현장과 반복적인 일속에서 제게 참으로 감격스럽고 위로가 되는 순간이었습니다. 저는 비록 신축 아파트 현장에서 타칭 '막노동'이라 부르는 도배사라 할지라도 스스로 자존심이 있어야 한다고 믿습니다. 자신을 소중하게 생각한다면 그만큼 본인의 삶도 더욱 자연스럽게 그쪽으로 흘러갈 것이라 믿습니다. 역시 기대했던 대로 구매한 롤러를 사용하다 보니 장점이 많아서 이전에 사용하던 롤러는 더 사용하지 못하게 되었습니다. 명장님의 롤러를 쓰면서 이음매를 맞추는데 걸리는 시간이 줄어 좋았고, 그로 인해 손목의 부담을 덜수 있었고 또한 긴급히 사용할 망치가 필요할 때 요긴하게 롤러로 대용하여 쓸 수 있었습니다. 계속 쓰면서 드는 생각이었지만 제 하루 일당을 투자한 금액이 전혀 아깝지 않게 느껴졌습니다. 게다가 사용하면서 개선해야 할 부분에 대해서 문의를 드렸는데 다음에 문제 되는 부분에 대해서도 깔끔하게 해결해주셔서 오랜 시간이 지난 지금도 이 롤러를 잘 사용하고 있습니다.

제가 초기에 샀던 롤러는 보급판이라고 생각해도 좋을 정도로 최근에는 훨씬 업그레이드된 명품 롤러를 개발하셔서 카페를 통해서 판매하실 때마다 이른 시간 안에 완판되는 것을 보게 됩니다. 그리고 제가 도배기능사 시험에 합격했을 때 명장님께서는 제 아내를 위해서 아름다운 명품 롤러를 선물해주셨는데 기대하지 않았기에 참 감사하고 고마웠습니다. 늘 새로운 것에 도전하시고 개발하시는 명장님에게 다시 한번 감사한 마음을 가지고 저도 하루하루 열심히 자신에게 부끄럽지 않은 도배사로서 성장해 가보려고 합니다.

나눠주는 삶 ; 도배 블로그/밴드/카페

　오늘은 세 번째로 도배와 관련해서 궁금증을 가지신 분과 만나 커피 한 잔을 마시면서 제가 아는 선에서 관련된 조언을 해드렸습니다. 2년 전 앞날에 대한 두려움과 막막함에서 길을 찾고 있을 때 제게 아낌없이 조언해 주셨던 선배님들과 같이 저도 정직하게 알고 있는 선에서 조심스럽게 말씀 해드렸습니다. 오늘 만난 그분께 조금이나마 도움이 되었길 바랍니다. 그래서 결심한 게 이젠 3년 차 도배사로서 좀 더 적극적으로 도움도 드리고 서로를 격려하기 위해서 제가 만든 밴드와 카페를 소개해 보고 싶습니다. 개인적 영리를 위함이 아닌 새로 도배 분야에 진입하시길 원하시는 분들께 미력하나마 도움이 되길 바라는 맘에서 시작하려고 합니다. 이런 일을 하여 도움을 줄 수 있다는 사실로 인해 저도 맘이 훈훈해지고 감사해집니다.

물론 3년 차인 저도 다른 선배님들에게 여러 가지로 도움을 받을 것 같습니다.

- *네이버 블로그 ; '로고스 도배'를 쳐서 검색하거나 블로그 주소 http://m.blog.naver.com/paul5454 로 들어오시면 됩니다.

- *네이버 밴드 : '로고스 도배'를 쳐서 검색하거나 밴드 주소 band.us/@logoswallpaper 찾아서 가입하시면 됩니다.

- *네이버 카페 : '로고스 도배'를 쳐서 검색하거나 카페 주소 http://cafe.naver.com/logoswallpaper찾아서 가입하시면 됩니다.

- *다음 카페 : '로고스 도배'를 쳐서 검색하거나 카페 주소 http://cafe.daum.net/LOGOS.WALLPAPER 찾아서 가입하시면 됩니다.

시간이 많이 흘러서 글을 쓰고 있는 지금은 좀 더 확장해서 페이스북 그리고 인스타그램에도 제 일상적인 글이나 시공했던 사진들을 올리고 있습니다. 비록 다른 곳과는 비교도 안 되게 회원도 적고 글도 거의 제 글만 올리고 있지만 그런데도 도배에 입문하시려는 분들이 제게 쪽지나 메일로 간간이 문의를 해오고 계십니다. 저는 처음 시작할 때나 지금이나 최대한 같은 마음을 유지하면서 도움을 드리려고 회신을 하곤 합니다. 코로나 사태가 아니라면 얼굴을 보면서 상담을 할 수도 있을 텐데 좀 아쉬울 때도 있습니다. 어서 시간이 지나서 얼굴을 뵙고 대화할 기회가 많이 생겼으면 좋겠습니다.

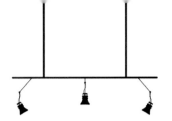

3 도배 독립기

새로운 도전 -
동반장님팀에 합류하다.

　　직영 소장님팀에서 2년이 넘게 도배일을 하다가 새롭게 기회가 생겨서 다른 팀에 합류하게 되었습니다. 평생 직업이라고 생각해서 시작한 도배사의 길이며 2년 동안 다른 것을 생각하지 않고 묵묵하게 도배사가 되기 위해서 걸어왔습니다. 2018년! 제게는 매우 중요한 시기라고 생각됩니다. 그동안 좋은 분들을 많이 만나서 정말 감사한 시간이었습니다. 그래서 내년에는 맘에 맞는 분들과 한 팀을 만들어서 독립하려고 합니다. 너무 돈에 욕심내지 않고 함께 하시는 분들과 파트너로서 즐겁게 일하려고 합니다. 주로 신축현장에서 일하려고 하고 주변의 지인들이 부탁하면 그 일도 받아서 하려고 합니다. 마침 저희 작은 아버님이 새로 아파트를 구매하셨는데 감사하게도 제게 전체 수리를 부탁하셨습니다. 그래서 좀 더 경험을 쌓아보자는 맘으로 이번에 신축현장의 동반장님 팀에 새롭게 합류를 하게 되었습니다. 부여까지 와서 숙식 생활하며 일하는데 참 즐겁고 재미있습니다. 직영 소장님팀에서 일하는 방식과 달라서 제게 좋은 경험인 것 같습니다. 이번 겨울을 잘 보내고 내년을 기대하며 올해를 마무리할 것 같습니다.

2015년 11월에 도배학원을 졸업한 뒤 처음 도배 계에 입문하였고 2016년은 초보 도배사티를 벗어나기 위해서 열심히 기본을 배웠던 시간이었습니다. 그리고 2017년은 직영팀에서 새로 오신 보조분들을 데리고 가르치면서 리더로 저 자신을 세우는 시간이었습니다. 그래서 2018년은 어엿한 도배사로서 맘에 맞는 분들과 도배팀을 만들어서 잘 정착하는 게 목표입니다. 이제 2017년도 한주만이 남았습니다. 아쉽지만 보람도 많았고 감사했던 한해였습니다. 오늘 하루를 건강하게 일하며 살아갈 수 있다는 게 감사하고 행복합니다. 대한민국 도배사 파이팅!!

위의 글은 제 도배 블로그에 올렸던 글입니다. 도배 밴드를 운영하면서 우연히 알게 된 형님이 있었습니다. 거의 제가 밴드에 글을 올리는데 이 형님께서는 처음으로 본인의 경험을 글로 올려주셔서 참 반갑고 고마웠습니다. 살고 계시는 지역도 저와 같은 안산이라서 더욱 반가웠던 것 같습니다. 그래서 더 함께 일해보고 싶다는 마음을 갖고 있었습니다. 사실 2년 넘게 같은 직영팀에서 일하고 있던 터라 언젠가는 독립을 생각하고 있었기 때문에 마침 기회가 좋다고 생각이 되었습니다. 계속 한 곳에서 기술을 배우기보다는 다른 환경에서 일을 경험하고 싶은 마음도 있었기 때문에 형님에게 조심스럽게 상의드렸더니 "같이 식사나 한번 하자"고 하시면서 만날 수 있었습니다. 첫 만남에서 여러 가지 대화를 나눴고 다행히 생각이 겹치는 부분이 있어서 형님이 일하시는 팀에 최종적으로 합류하기로 하였습니다. 그래서 제가 일하던 직영팀 소장님에게 상황을 설명해 드린 뒤 한 주간 일을 마무리하고 바로 형님이 계신 동 따기 팀에 합류해야 해서 충청남도 부여 현장으로 가게 되었습니다. 이곳에서는 직영팀에서 일당으로 일을 하는 도배사의 시선과는 달리 좀 더 넓은 시야에서 동반장이 어떻게 일을 운영하는지 자세히 살펴보는 기회가 되어서 제게 매우 유익한 시간이었던 것 같습니다. 게다가 그리 길지 않은 한 달간의 현장 일을 마치면서 형님과 더욱 친해지게 되었고 또 새로이 동생도 알게 되어서 세 명이 함께 한 동을 맡아서 일을 해보자고 의기투합을 하였습니다.

동업이라는 비즈니스 모델에 좀 부정적인 생각이 있었지만 그런데도 처음 시작하는 사업을 혼자서 하기에는 위험부담이 있기에 현명한 선택이라 생각하고 결심을 하였습니다. 그래서 후에 몇 번 같이 사업을 진행하였고 생각보다 좋은 결과를 만들어 냈던 것 같습니다. 하지만 나중에는 각자의 생각이 다른 부분이 있어서 따로 일하기로 하였지만 개인 사업을 계획했던 제게는 좋은 경험이 되었던 것 같습니다.

제주도로 갑니다

"부여 현장을 마무리하고 제주로 갑니다. 말이 씨가 된다고 제주에서 일해보고 싶다고 했는데 정말로 이뤄지네요. 새로운 환경에 적응해야 하지만 즐거운 맘으로 일하려 합니다. 오늘 하루도 힘차게 시작하세요. 대한민국 도배사 파이팅!

위의 글 역시 제주도에 가기 전 제 블로그에 올렸던 짧은 글입니다. 무사히 부여 현장을 마치고 난 후 셋이서 신축 아파트 한 동을 맡기로 했지만, 기존 거래처가 전혀 없었던 저희로서는 일감을 구하는 게 쉽지 않았습니다. 형님이 알아보셨던 소장님과의 상담결과는 우리가 원하는 시기와 맞지 않았었고 겨울에는 일감이 상대적으로 많지 않았던 점도 저희가 새로이 사업을 시작하기에는 좋지 않았던 시기였습니다. 할 수 없이 형님이 알고 계시던 지인분에게 연락해서 잠깐이라도 일할 수 있는 곳을 알아보다가 제주도로 도배를 하러 가게 되었습니다. 신축현장에서만 일하다가 제주도에서 복층 빌라 일을 해보고 전원주택 및 아파트 재도배도 해보면서 좋은 경험을 쌓는 기회가 되었습니다. 물론 쉬는 날에는 바닷가의 카페에서 형님과 차를 마시며 쉬는 시간을 갖거나 맛집에 들러서 제주향 물씬 풍기는 토속음식을 먹는 호사도 누리는 행복한 시간이었습니다. 한 달 예정으로 갔던 제주 도배였는데 사정이 생겨서 보름만 일하다가 다시 가족의 품으로 돌아왔습니다. 하지만 나중에 나이가 훌쩍 들어서 은퇴를 생각할 시기가 되면 제주도에 아내와 같이 들어가서 소일거리로 도배를 하면서 시원한 바닷바람과 풍경을 친구삼아 노후를 보내고 싶은 생각이 들었습니다.

도배사로서 살아가는 삶

신축현장에서 일하는 관계로 늘 주일 아침은 여유로운 시간으로 보냅니다. 지난주에 이어서 오늘은 어떤 글을 쓰면 좋을까 생각해 보았습니다. 새로이 도배에 입문하시는 분들에게 도움을 주고자 시작한 도배 카페와 밴드 활동도 7개월이 흘러갑니다. 더욱 많은 글을 올리고 실질적인 도움을 주고 싶어서 자주 글을 쓰고 싶었지만, 여전히 부족한 제 모습을 봅니다. 활발하게 운영되는 밴드나 카페를 생각해 보면 부럽다는 마음도 들지만, 너무 욕심을 부리고 싶지는 않습니다. 제가 감당할 수 있는 규모로 맘에 맞는 분들과 함께하면 좋을 것 같다는 생각이 듭니다. 지난주에도 도배를 시작하고 싶으신 한 분과 통화를 하였습니다. 저와 동년배의 남성분이라서 더 맘이 간 것도 있습니다. 현실적인 도배 일에 대한 상황을 설명해 드렸는데, 그분의 목소리에서 많은 고민이 묻어 나왔습니다. 젊은 날 열심히 가족과 자신의 꿈을 위해서 사회생활을 시작했지만 이젠 중년의 나이에 다시 새로운 일을 시작하는 게 쉽지 않은 도전인 것 같았습니다. 동병상련의 마음으로 제가 아는 선에서 최선을 다해서 상담을 해드리고 헤어졌습니다. 그분과의 상담을 떠올려보니 저 역시 몇 년 전 회사를 그만두면서 느꼈던 고민과 두려움이 다시 생각났습니다. 앞으로도 계속 이 일을 하면서, 얼마나 많은 도움이 될지는 모르겠지만 제 힘이 닿는 데까지 필요로 하시는 분들을 진심으로 돕고 싶습니다. 그리고 좀 더 나아가서 도배사로서 나중에는 맘에 맞는 분들과 함께 봉사하고 싶은 맘도 듭니다. 오늘도 일하고 계시는 분들이나 쉼을 즐기시는 모든 도배사님 행복하시길 바랍니다. 대한민국 도배사 파이팅!

도배사막 속에서 만나게 될 인연들

7월의 첫날이 되었습니다. 창밖에는 비가 많이 내립니다. 2018년 한해의 반이 훌쩍 지나버렸습니다. 아직 남은 시간을 잘 걸어가야 할 것 같습니다. 엊그제 금요일에 입주자 하자를 다녀왔습니다. 벽 띠기를 하고 난 후 챙겨야 하는 마지막 하자라서 좀 서두르다가 칼에 손가락을 깊이 베이고 말았습니다. 다행히도 병원까지 갈 상황은 안 갔는데 손을 제대로 사용할 수 없어서 부득이하게 어제는 맘 편히 쉬기로 하였습니다. 그 덕에 아내와 둘째 아들과 집 근처 오일장에 가서 구경도 하고 맛난 냉면도 먹었고 오후에는 아내와 함께 뒷산에도 올라갔다 왔습니다. 그래도 시간이 남아서 TV 방송에서 예능 프로그램을 봤습니다. 4명의 연예인이 40km의 사막을 횡단하는 프로그램인데 처음에는 별생각 없이 재미있게만 보다가 시간이 흐르면서 많은 생각에 잠기게 되었습니다. 처음에는 호기롭게 시작하였지만, 하루가 지날수록 체력적인 한계로 인해 정신도 많이 약해지는 그들의 모습을 보았습니다. 하지만 지혜로운 리더로 인해서 어려운 상황을 잘 극복하고 서로 도우며 힘든 사막 횡단을 마지막까지 함께 잘 헤쳐가는 모습을 보면서 깊이 느끼는 게 있었습니다.

지금껏 살아온 제 인생도 마치 사막과 같은 길을 걸어왔던 순간들이 분명히 있었고 또한 제2의 직업으로 시작한 도배사로 사는 삶에서도 다시 같은 길을 걷는 순간 들이 다가올 것이란 생각들이었습니다. 아니 처음 도배 일을 시작해서 자리를 잡아가는 이 시간이 이미 사막을 걷고 있는 중인 것 같습니다. 그러나 다행스럽게 그동안 저와 함께 해준 사랑하는 가족과 도배 일을 하면서 만난 소중한 인연들로 인해서 지금껏 잘 걸어왔던 것 같습니다. 다시금 생각을 해보니 너무 감사하고 고마운 인연인 것 같습니다. 도배를 배우는 과정이나 인생 자체가 사막을 횡단하거나 마라톤을 달리는 것과 같다는 것을 새삼 느껴봅니다. 자신의 상태를 겸손하게 인정하고 과욕을 부리지 말고 한 걸음 한걸음 내디뎌야 할 것 같습니다. 그리고 가족뿐 아니라 주위에 소중한 인연들의 조언에도 귀를 기울여야 할 것 같습니다. 또한, 남보다 뒤처진다는 마음이나 무작정 돈을 따라가서 급한 마음으로 서둘러서 일하게 되면 영락없이 대가를 치르는 것 같습니다. 한 가지 더 소중한 것이 도배사로서 저뿐만이 아닌 기술로 살아가는 모든 분이 마찬가지겠지만 정말로 몸이 재산인 것 같습니다. 도배일을 하면서 손이 베거나 우마에서 떨어지거나, 일주일에 6일간 일하면서 손목과 허리가 아플 때면 직업병이라 생각하면서도 몇 년 하다가 끝날 게 아니고 평생을 할 직업인데 조심해야겠다는 맘이 듭니다. 가족을 위해 열심히 일해서 돈을 벌어야 하겠지만 제 몸 상태를 잘 파악하면서 일해야 할 것 같고 도배 봉사나 다른 방법으로 주변 분들에게 제가 할 수 있는 도움도 드리면서 살아가는 삶을 생각해 보게 됩니다.

생각이 많이 길어졌습니다. 비가 많이 내리는 오늘 하루도 일하시는 도배사님들 꼭 몸 챙기시면서 조심하시기 바랍니다. 건강이 최고인 것 같습니다. 대한민국 도배사 파이팅!

드디어 나 홀로 시작한 첫 도배사업

동반장으로서 처음으로 인천 영종도 현장에 한 동을 맡아서
풀방을 세팅하고 팀 식구들이 일할 수 있도록 조치를 하면서

한 주를 보냈습니다. 첫 시작이라서 그런지 이리저리 챙겨야 할 게 참 많았습니다. 그래도 일할 수 있어서 감사하고 또한 제가 생각한 아이디어로 하나씩 준비해가는 과정도 즐거웠습니다. 하지만 완벽한 계획을 세우더라도 여러 변수로 인해서 계획을 변경하거나 조정해야 하는 상황이 참 많은 것 같습니다. 그럴수록 당황하거나 급하게 서두르지 않고 그분을 의지하면서 한 걸음씩 나아가려고 합니다. '로고스 도배'란 브랜드가 품질을 최우선으로 하면서도 팀 식구들과 우리 가족들의 삶을 책임지기 위한 멋진 브랜드가 되길 소망하며 최선을 다해서 운영해 보려고 합니다.

너무나도 더운 날씨라서 하루에도 물 몇 리터와 포도당(소금) 알약을 먹어가며 힘들게 일하고 있지만 정직하게 땀 흘린 만큼 반드시 그 결과는 나타난다는 믿음으로 힘차게 나아가려고 합니다. 다들 힘든 여름 도배지만 그래도 시간은 흘러가고 좀 시간이 지나면 시원한 가을 도배가 우리를 기다린다는 맘으로 다 같이 잘 견디며 일했으면 합니다. 대한민국 도배사 파이팅!

코타키나발루 여행을 기대하며

　정말 동반장으로 일하는 게 바쁘기는 합니다. 지난주는 선작업 연결이 잘 안 되어서 초배작업으로 한 주를 보냈습니다. 하지만 그 덕분에 저녁에 재단을 안 해도 되는 행복도 있었습니다. 그리고 초배작업을 많이 해본 경험이 없어서 걱정했지만, 같이 일하는 팀원들의 초배 경험이 저보다 풍부해서 많이 배웠습니다. 나이가 많건 적건 누구에게든지 배울 점은 늘 있는 것 같습니다.

　다음번 현장에서는 이번 경험을 토대로 더 개선된 게링, 바인더, 텍스 작업을 할 수 있을 것 같습니다. 일단 이번 주부터 8월 말일까지 마무리하지 못했던 천장 정배를 끝내는 게 목표입니다. 그럼 9월부터는 벽 정배 작업이 시작됩니다. 현장에 맞는 품질로 최선을 다해서 작업 완료일 안에 일을 마치려 하는 데 팀원들의 도움이 많이 필요할 듯합니다. 물론 저도 정배도 하고 저녁에는 재단도 하면서 같이 파이팅을 하려고 합니다. 그리고 작업 방식을 어떻게 운영하느냐에 따라서 효율성의 차이가 크게 나기 때문에 팀원들과 늘 상의하면서 진행하는 게 최선인 듯합니다. 일단 이번 첫 현장을 무탈하게 마치고 나면 다음 현장은 좀 더 여유롭게 운영할 수 있을 듯합니다. 영종도 현장을 끝내고 다음 현장까지 마무리될 시점이면 2019년 구정이 될 것 같습니다. 그때는 정말 맘에 먹었던 해외여행을 가족과 다녀오려고 합니다. 그동안 도배 일을 하면서 제대로 된 국내여행도 못 가서 가족에게 늘 미안했는데 열심히 최선을 다해서 현장 일을 끝낸 후 말레이시아의 코타키나발루에서 한 일주일 정도 가족과 힐링의 시간을 가지려고 합니다. 우여곡절도 많았지만, 도배일을 시작한 게 제 개인적으로는 너무 감사하고 행복합니다.

더운 날씨에 아주 힘들었지만 이제 선선한 가을바람이 불어옵니다. 짧은 가을 도배를 기분 좋게 즐기고 겨울도배를 잘 준비해야 할 것 같습니다. 오늘도 일하시는 도배사님들은 힘내시고 모처럼 휴일을 만끽하시는 도배사분들은 행복한 시간 되시길 바랍니다. 대한민국 도배사 파이팅!

돈보다 일보다 중요한 사람

인생의 중반을 살아오면서 느끼는 여러 가지 중에 인간관계에 대해서 더 많은 생각에 잠기게 됩니다. 20대와 30대 시절에는 비전과 꿈 그리고 성공을 목표로 치열하게 달려왔습니다. 그런데 40대에 접어들면서 변하는 제 모습을 보게 됩니다. 올해가 만으로 47세의 나이지만 아직도 이루고 싶은 꿈들과 비전이 사라지지 않은 제 모습을 봅니다. 하지만 그것들보다 더 중요한 것이 있다는 것을 이제야 조금씩 깨달아가는 절 바라봅니다. 사랑하는 아내와 세 아들, 누님과 형님의 가족들, 더 나아가 '인연'이라는 것은 너무나도 소중하고 잃어버려서는 안 될 가치라고 전 믿습니다. 어릴 적 같이 보냈던 친구들도 그렇고 또한 도배라는 제2의 직업을 선택하면서 알게 된 소중한 인연들(친구, 동생, 형님, 누님들)도 그렇습니다. 물론 동반장으로 일을 하면서 돈을 먼저 생각하기도 하고 일에만 몰두하는 솔직한 제 모습도 봅니다. 하지만 다시 맘을 가다듬고 집중하는 것은 '인연'이 '돈'보다도 '일'보다도 더 소중한 가치라고 믿습니다. 그 맘을 가지고 진심으로 대하면 비록 그 진심이 제게 돌아오지 않는다 하더라도 주는 것만으로도 맘이 편하고 좋습니다. 어제 공원을 산책하며 제가 도배하고 나서 많이 변했다고 아내가 좋아하는 모습에 제가 참 감사했고 행복했습니다. 앞날을 예측할 수 없기에 살아있는 오늘을 감사하고 최선을 다해서 지낸다면 그게 행복이라고 믿습니다. 물론 사랑하는 가족, 친구들 그리고 소중한 '인연'들과 함께 말입니다. 오늘도 소중한 '인연'들을 기억하시면서 입가에 웃을 수 있는 하루가 되시길 바랍니다. 대한민국 도배사 파이팅!

천장 마무리 벽 정배 시작

　지난주에 드디어 식구들과 함께 벽정배를 시작하였습니다. 현장 사무실 요청으로 안방 드레스룸과 거실 팬트리를 라인 타기로 진행하고 있습니다. 그리고 벽지가 어두운 색채라서 식구들이 품질유지에 애를 좀 먹으면서 일하고 있습니다. 아무래도 아직은 더 경험해야 하시는 분들이라서 하루하루 최선을 다해 가르치면서 일하고 있습니다. 매일 전날 작업한 곳을 잠깐 같이 돌아보면서 하자에 관해서 설명하고 재발 방지를 위해 교육하고 있습니다. 그래서 처음 정배보다 품질이 하루하루 개선되는 것뿐만 아니라 시간도 더 절약하면서 일하시는 식구들을 보면 더 뿌듯한 마음이 듭니다. 아직은 더 가르쳐야 할 친구와 동생을 생각하며 저 자신이 더 분발해야겠다는 생각도 듭니다. 이번 주부터는 안방, 중간방, 입구 방을 나눠서 라인 타기로 진행하고 다음 주까지 열심히 정배를 진행해야 할 것 같습니다. 원래 작업 완료일은 10월 13일인데 약속한 날자를 맞추기 위해서 2주 정도는 일요일에 같이 일하자고 식구들에게 부탁하였습니다. 그날 일당을 좀 더 올리는 것으로 해서 도와달라고 했는데 동생과 친구가 흔쾌히 허락해줘서 감사했습니다. 낮에는 정배하면서 식구들이 작업한 도배 품질을 봐주고 저녁에는 재단을 쳐야 해서 체력적으로 좀 힘든 게 사실이지만 그래도 맘에 맞는 분들과 기분 좋게 일할 수 있다는 게 감사하고 행복하게 느껴집니다. 아침저녁으로 날씨가 선선합니다. 다들 건강 조심하시기 바랍니다. 대한민국 도배사 파이팅!

폭풍 같은 10월이 지난 것 같습니다

　처음으로 맡게 된 동반장인데 여러 가지 일을 겪으면서 너무나 분주하게 지나갔습니다. 3주 연속 일요일도 쉬지 못하고 평일에는 늦게까지 야근을 하면서 일을 했습니다. 그래서 약속한 날짜를 잘 맞추고 마지막 미시공까지 잘 마무리를 하고 현장 일을 마쳤습니다. 지금은 새로운 현장인 염창동 이편한세상 아파트에서 일한 지가 벌써 2주가 흘러가고 있습니다. 천장 정배는 벌써 다 완료했고 내일부터 벽 정배에 들어갑니다. 한번 경험을 해봐서 그런지 이번 현장은 훨씬 수월하게 진행되는 것 같습니다. 그러나 여기 현장은 본사가 가까워서 그런지 안전이나 품질에 대한 기준이 지난 영종도 현장보다 훨씬 까다롭습니다. 그래서 이 현장을 잘 마무리하게 되면 다음에는 어떤 현장을 만나도 별로 겁나지 않을 것 같습니다.

올해 목표가 벽 띠기를 거쳐서 제 개인 도배사업을 시작하는 것이었는데 연말이 다가오는 가운데 어느 정도 목표를 달성한 것 같아서 참 감사합니다. 같이 일하는 도배 식구들에게도 감사하고, 여러모로 잘 챙겨주시는 소장님도 고맙게 느껴집니다. 이곳 현장은 공기가 짧아서 늦어도 11월 말이면 다 완료할 것 같습니다. 그리고 다음에 일할 현장도 어느 정도 결정이 되어서 맘 편안하게 일을 하고 있습니다. 광교 현장인데 그곳은 어떤 형태의 구조와 일거리들이 기다리고 있을지 기대가 됩니다. 다들 늘 건강하시고 행복하기 바랍니다. 대한민국 도배사 파이팅!

내일이 크리스마스이브입니다

　감사했던 올 한해가 다 지나가고 있습니다. 2018년의 시작이 엊그제 같은데 역시 도배사가 되고 나니 시간은 더 빠르게 흘러갑니다. 동반장으로서 시작한 두 번째 사업인 염창동 현장도 잘 마무리하고 드디어 안산 현장으로 입성했습니다. 생각지 못하게 광교 현장에 사정이 생겨서 안산 푸르지오 현장으로 변경이 되었습니다. 그러나 제가 사는 곳이 안산이어서 더욱 좋은 조건이라 생각됩니다. 이번이 세 번째 사업장인데 두 번의 현장 일을 맡으면서 많은 경험과 시행착오를 겪은 것 같습니다. 까다로운 품질과 안전을 위한 요구조건에 도배 시공은 마이너스 몰딩, 마이너스 걸레받이까지 있어서 매우 힘들었던 현장이었습니다. 하지만 새로 일을 시작하는 제게는 사업경험을 위해서 매우 유익하고 감사한 시간이었습니다. 일당으로 일하거나 벽 띠기로 일했다면 중압감이나 챙겨야 할 사항이 훨씬 적었겠지만 그런데도 목표로 했던 꿈들을 하나씩 실천하면서 걸어가는 이 길이 너무 감사하기만 합니다.

안산 현장은 일반 평 몰딩에 24평의 적은 평수라서 이번엔 속도에 대해서 자신의 한계를 넘어보려고 합니다. 물론 현장에서 요구하는 품질의 수준을 유지하는 것은 기본으로 챙겨야 할 사안이라 생각됩니다. 주위에서 일하시는 도배 사님들을 보면 제가 알지 못하는 실력자분들이 참 많습니다. 그분들을 보면 제가 더 겸손하게 배워야 할 것 같습니다. 우물 안의 개구리처럼 현재에 만족하지 말고 저에게 처한 상황에 맞게 단계적으로 성장해 나아가려고 합니다. 이번 겨울은 새 현장에서 새로운 도전으로 한 단계 더 업그레이드되길 바라며 내년 봄에는 또 다른 새로운 목표를 세워서 묵묵히 걸어가려고 합니다. 다가오는 크리스마스에도 다들 행복한 시간이 되시길 바랍니다. 대한민국 도배사 파이팅!

2019년 새해가 시작되었습니다.

　감사했던 2018년을 뒤로하고 다시 힘차게 시작해야 할 2019년 새 아침이 밝아왔습니다. 작년 한 해 동안 여러모로 도와주셨던 분들께 너무 감사드립니다. 아직도 가야 할 길이 멀지만, 함께 걷고 있는 가족들, 친구, 지인분들이 곁에 있다는 사실만으로도 맘이 넉넉하게 느껴집니다. 뉴스와 주위의 상황을 보면 언제나 경제가 어렵고 이해할 수 없는 범죄와 공평하지 못한 일들에 희망이 없어 보입니다. 그러나 잘 드러나지는 않지만, 가슴 따뜻하고 희망을 품을 수 있는 아름다운 사연들도 분명히 존재한다고 믿습니다.

　어디를 바라보고 어떻게 마음먹느냐에 따라서 그 결과는 무척 다를 것으로 생각합니다. 불평보다는 감사를, 염려보다는 소망을 두고 올 한해도 묵묵하게 주어진 길을 걷다 보면 올 연말에 또 한 번 감사하는 맘으로 한 해를 마무리할 수 있으리라 제게 용기를 주면서 모든 분의 소망하시는 일들이 꼭 성취되시길 간절히 바랍니다. 대한민국 도배사 파이팅!

함께 걸어가는 한 팀

어젯밤에 베트남-일본 축구 8강전을 보느라 늦잠을 잤습니다. 마치 2002년 우리나라가 강호 팀들을 상대로 끝까지 포기하지 않고 투혼을 발휘해서 뛰었던 기억이 생각나는 멋진 경기였습니다. 크나큰 피파 순위 차이에도 불구하고 마지막 호루라기가 울릴 때까지 온 힘을 다해서 경기장을 누볐던 베트남 선수들과 박항서 감독님 및 코치진에게 힘찬 박수를 보냅니다. 그리고 오늘 밤에는 우리나라 선수들도 카타르와 8강전을 치르는 데 최선을 다하는 모습을 보여줬으면 좋겠고 늦더라도 세 아들과 함께 꼭 응원하려고 합니다.

전 12월 중순에 안산 현장 일을 시작해서 한 달이 지나가고 있습니다. 처음에 맡은 한 동의 천장 작업은 다 완료했는데 좀 무리일 수 있지만, 안산이 집이라는 장점이 있어서 한 동을 더 맡아 총 136세대 작업을 하고 있습니다. 생각보다 많은 물량이라서 시공목표를 달성하는데 부침은 있지만, 구정 전후로 나머지 한 동의 천정도 다 마무리하고 벽 정배를 들어가려고 합니다. 최종 시공 완료 시기는 3월 말에서 4월 초로 잡고 있습니다. 계획대로 마무리되면 안산에서 겨울을 보내고 봄을 새로운 현장에서 시작할 수 있을 것 같습니다. 여러 가지 일들로 인해서 몸이 지치기는 하지만 같이 일하는 식구들이 한마음으로 열심히 해주니 힘도 나고 즐겁게 일하고 있습니다. 마치 베트남 선수들과 코치진이 한마음으로 최선을 다해서 좋은 결과를 만든 것처럼 저도 우리 식구들과 한 팀이라는 마음으로 서로 격려해주고 이끌면서 작업 완료일 안에 좋은 품질로 일을 마감하려고 합니다.

오늘은 방학 동안 집에서 내내 뒹굴고 있는 세 아들을 데리고 눈썰매장에 가려고 합니다. 내일을 알 수 없는 우리 인생이지만 살아있는 오늘 하루를 감사하면서 행복함을 가지고 살려고 하니 마음이 즐겁고 풍성해집니다. 오늘 하루도 일하시는 대한민국 도배사님들 조심히 일하시기 바랍니다. 대한민국 도배사 파이팅!

오늘 주어진 하루의 소중함

길고 긴 설 연휴가 끝나고 오늘은 주일 예배를 마치고 한가롭게 쉬고 있습니다. 아내는 어릴 적 친구들과 어제부터 일박이일로 여수 밤바다를 갔는데 오늘 옵니다. 아내가 친구들과 함께 지난 추억들을 기억하며 좋은 시간을 보냈기를 바라는데 주책없이 벌써 보고 싶습니다. 아내의 부재 속에서도 꿋꿋하게 세 아들과 같이 피시방에서 게임도 하고 집에서 프로젝션으로 영화도 보며 즐겁게 지냈습니다. 그리고 지난 구정에는 오랜만에 일가친척들과 만나서 함께 맛난 식사도 하고 사는 이야기도 나누며 즐겁게 지냈습니다. 기다렸던 친척의 임신, 결혼과 같은 좋은 소식도 있었고, 저를 아껴주시던 고모님이 큰 병으로 인해 병원에 입원하셔서 만감이 교차하는 시간이었습니다. 여러 생각을 뒤로하고 내일부터는 다시 열심히 일을 시작해야겠습니다. 제게는 소소하고 평범한 일상이지만 저를 포함한 우리 가족이 별 탈 없이 살아가는 하루하루가 소중하다는 것을 새삼 느끼게 됩니다. 당장 내일 일도 알 수 없는 인생이지만 그저 오늘 하루 건강하게 가족들과 함께할 수 있는 이 시간이 그 무엇과도 바꿀 수 없는 소중한 보석임을 다시 마음에 새겨봅니다. 매일 매일 살다 보면 아무 느낌도 없이 그냥 흘러갈 수 있는 이 시간의 편린들을 꼭 마음속에 붙들며 살아가고 싶습니다. 하지만 그 무엇을 위해서 너무 독하게 과욕을 부리지도 그렇다고 무기력하게 시간을 흘려보내지도 않도록 다시금 맘을 다잡아보고 싶습니다. 이미 지난주 연휴가 끝나고 목요일부터 일을 시작하신 분들도 그리고 저처럼 자의 반 타의 반으로 일주일 동안 죽 쉬신 분들도 내일이면 다시 돌아오지 않을 오늘 남은 하루의 시간을 행복하게 잘 보내시길 바랍니다. 대한민국 도배사 파이팅!

감사히 안산 현장을 마치고

지난 2주 동안은 주일에 쉬지도 못하고 평일은 계속 야근을 하면서 일을 했던 관계로 몸도 지쳤고 쓰고 싶었던 글도 못 썼습니다. 시공 마감일 약속을 맞추기 위해서 저와 식구들 모두 무리하게 일을 할 수밖에 없었습니다. 게다가 같이 일하던 막내가 여러 사정으로 그만두게 되어서 그 여파가 더 컸던 것 같습니다. 다행히 알고 지내던 동생이 먼 거리에서 와줘서 큰 도움이 되었습니다. 너무나 고마운 동생입니다. 어제 모든 일을 잘 마무리하였고 내일이면 새 현장으로 이사를 하게 됩니다. 늘 느끼는 마음이지만 이번 현장에서도 배울 것도 많았고 아쉬운 점도 있었습니다. 하지만 아무도 다치지 않고 무사히 마감되어서 감사한 마음뿐입니다.

새로운 현장은 동탄 포스코 더 샵 아파트인데 이곳에서도 새로운 도전이 될 것 같습니다. 아내는 저와 함께 일을 시작한 지 벌써 7개월이 되었고 새로 합류한 누님도 초보 딱지는 뗀 것 같아서 마음이 놓입니다. 현재의 팀 구성과 새 현장의 납기 및 상황을 보면 이번 현장은 인원을 더는 충원하지 않고 그냥 셋이서 일해보려고 합니다. 아내와 누님의 도배 실력이 어느 정도 자리 잡히면 새 식구가 필요할 수도 있을 것 같습니다.

봄의 벚꽃을 보면서 힐링을 하고 싶었는데 그 시기는 놓친 것 같고 새 현장 정리를 마치고 돌아오는 주말에 아내와 세 아들과 함께 1박 2일로 가볍게 바람을 쐬러 다녀오려고 합니다. 따스한 봄날의 나들이가 될 것 같아서 벌써 기대가 됩니다. 다들 환절기에 몸조심하시기 바랍니다. 대한민국 도배사 파이팅!

삶에서 챙겨야 할 소중한 것 "건강"

　오늘 날씨는 흐려서 좀 아쉽지만 그래도 쉼이 있는 하루가 감사합니다. 2주 전에 합류한 누님이 안타깝게도 같이 일하기가 어려워진 상황이 되었습니다. 안산 현장에서 아르바이트처럼 일을 도와줬었는데 팔이 계속 아프다고 해서 병원에서 검사를 해보았습니다. 검사결과 팔목에 염증이 심하다고 해서 치료를 받아야 한다고 합니다. 이번 동탄 현장에 합류하기 전에 주사치료를 받으며 좀 회복되길 바랐는데 사정이 있어서 치료를 받지 못하고 일을 시작했던 게 역시나 무리가 되었던 것 같습니다. 예전에 간호조무사와 요양보호사로 일하면서 손을 너무 오랫동안 무리하게 사용한 게 더 심해진 것 같아서 미안한 맘이 커집니다. 그동안 친 누님이기도 하고 아픈 사정이 있어서 일을 많이 시킬 수도 없었는데 신축현장의 도배일은 역시 연약한 여성이 일하기에는 무리가 되는 것 같습니다. 이번 달 말일까지만 일을 조금씩 도와주고 나면 다시 누님은 일했던 분야로 가서야 할 것 같습니다. 손을 많이 쓰지 않는 주간 보호센터에서 일하기 위한 자리를 알아보고 있습니다. 누님이 그동안 마음고생을 많이 해서 나이가 들어서는 몸은 좀 고되지만, 함께 즐겁게 웃으며 일하자고 시작을 했는데 아쉽고 맘이 아파져 옵니다. 손목에 밴드를 끼고 일하는 누님의 모습을 보니 더는 일을 시킬 수가 없었습니다. 사실 아내도 도배를 하면서 우마를 계속 사용하다 보니 무릎이 아프다고 하였는데 보조 발판을 만들어서 사용하니 좀 나은 것 같습니다. 그리고 저조차도 계속 일하다 보면 자주 사용하는 팔과 무릎이 욱신거렸지만, 그냥 직업병이라 생각하며 일을 하고는 있습니다.

남의 눈치를 안 보고 어느 정도 자기 스스로 일을 조절하면서 일을 할 수 있기에 남들에게 추천도 하고 있지만, 건강은 정말 잘 챙겨야 할 것 같습니다. 아무리 돈을 잘 벌고 일할 때 맘이 편안하다고 해도 건강을 해치게 되면 그 모든 좋은 것들이 무의미하게 느껴지는 것 같습니다. 신축현장의 일이 정해진 일정에 매우 낮은 단가로 일하다 보니 오랜 시간 동안 쉬지 않고 일을 해야 해서 몸에 더 무리가 오는 것 같습니다. 그러기에 건강이 허락하는 날까지 도배 일을 하고 싶다면 좀 쉬어가면서 일을 해야 하는데 사람 욕심과 리더로서 책임감 때문에 잘 안 되는 경우가 종종 있습니다.

오늘은 도서관에 가서 책도 빌리지만 공원에 산책도 하면서 건강을 챙기기 위한 맘을 다시 잡아야 할 것 같습니다. 건강하게 하루를 시작할 수 있음에 감사하면서 오늘을 살아가야 할 것 같습니다. 모두 건강 챙기시면서 일하시기 바랍니다. 오늘도 힘들게 일하시는 대한민국 도배사 파이팅!

6주간의 원주 현장을 마치며

　늘 느끼는 것이지만 시간은 정말 쏜 살같이 흐르는 것 같습니다. 6월 초에 시작한 원주 현장을 어제 잘 마무리하고 오늘 하루를 편안히 쉬고 있습니다. 원주 산자락 밑에서 일하다 보

니 여름인지도 모르게 시원한 바람 속에서 일하였습니다. 원주로 향하는 새벽 출근길은 마치 초가을 날씨처럼 선선하게 느껴졌습니다. 매일 매일 안산에서 원주로 200km 이상을 운전하다 보니 피곤함으로 일의 효율성이 높지 않아서 일 마무리가 예상보다 좀 늦어졌습니다. 게다가 천정만 작업하고 다른 현장으로 바로 옮긴다는 생각에 일에 대한 집중도도 이전 현장과 비교하면 소홀했던 것 같아서 반성해봅니다. 다음번 현장부터는 다시금 초심을 잃지 않고 일을 해보겠다고 새롭게 다짐을 해봅니다. 작년 7월에 영종도 첫 현장을 맡아서 동반장으로 일을 시작했는데 벌써 일 년의 시간이 흘러서 6번째 현장인 파주로 곧 가게 됩니다. 처음 시작할 때보다 동 단가가 가파르게 내려가서 실망스럽고 힘은 들지만 늘 그랬듯이 몸 건강하게 일할 수 있고 가족을 챙길 수 있다는 그 사실에 감사하며 맘을 다잡아 봅니다. 일이 주어지는 그 날까지 일상의 소중함을 인정하고 하루하루 성실하게 사는 게 행복이라고 생각됩니다. 지난달에는 호주에서 사는 형님이 오랜만에 귀국해서 함께 1박 2일로 여행을 다녀왔습니다. 형제가 함께 함평에 있는 어머니 산소에 가서 잡초도 뽑아드리고 군산에서 소소한 경치도 보고 맛난 것을 먹으며 행복한 시간을 보냈습니다. 전 나이가 들어가면서 더 형제애를 깊게 느끼는 것 같습니다. 게다가 형님과는 이야기를 나누다 보면 생각하는 것이 점점 더 많이 닮아가고 함께 찍은 사진을 보면 얼굴도 닮아있는 모습이 신기하게 느껴집니다.

　새롭게 시작되는 파주 현장에서 무더운 한여름을 흘려보내고 초가을이 시작되는 10월까지 일을 하게 될 것 같습니다. 뜨거운 여름 속에서 온종일 온몸이 땀으로 젖어 일하시는 모든 도배사님 건강하시기 바랍니다. 대한민국 도배사 파이팅!

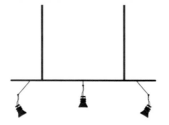

4 신도배 도전기

드러내고 싶지 않았던 내면의 나

2019년 11월 19일 '화요일'은 저에게 긴장되면서도 중요한 날입니다.

제 생일이 지나고 우연히 집에서 혈뇨를 발견한 후 다음날 일하던 근처 비뇨기과에서 상복부 초음파와 CT를 촬영하고 나서 받은 진단명은 '왼쪽 신장 위에 큰 덩어리' 이었습니다. 의사 선생님의 심각한 표정에서 제 상태가 좋지 않음을 단번에 느낄 수 있었습니다. "큰 병원에서 수술을 받으면 치료할 수 있다"라는 의사 선생님의 말씀을 듣고 애써 놀란 마음을 감추며 아내와 함께 다시 일터로 돌아와 일단 그 날 일을 마무리하였습니다. 그 다음 날 가장 빨리 의사 선생님을 만날 수 있는 큰 병원을 알아보다가 신촌 세브란스 병원과 아산병원에서 미리 검사한 자료를 가지고 1차 진료를 받았는데 두 곳의 선생님 모두 왼쪽 신장 위에 있는 10㎝ 덩어리는 95% 암으로 판단이 되며 개복수술(전 절제술)이 필요하다고 하셨습니다. 그래서 집으로 돌아와 아내와 기도하면서 최종적으로 아산병원에서 12월 3일에 수술을 받기로 하였습니다. 담당 의사 선생님은 폐와 뼈에 암이 전이되었는지 정밀 검사해야 한다고 말씀하셨고 내일인 11월 19일 '화요일'에 그 결과를 가지고 담당 선생님을 만나 뵙게 됩니다. 신장암은 늦게 발견되는 암으로 30% 정도는 이미 전이가 된 상태라는 진료실 벽에 걸렸던 문구를 보며 정밀 검사를 마친 결과가 어떻게 나올지 긴장되기도 하고 궁금했습니다. 늦은 밤잠을 이루지 못하고 집의 거실에 홀로 서성이며 오래전에 다른 암으로 수술받았던 기억과 함께 지난날의 생각들이 끊임없이 떠올랐습니다.

7년 전 우연히 갑상선 암을 초기에 발견해서 바로 그해 4월에 수술을 잘 받았고 그 후 2013년에 아내와 함께 종합건강검진을 받았습니다. 그리고 여러 가지 상황으로 인해서 방글라데시에서 2014년 봄에 가족과 함께 4년간의 해외 주재원 생활을 마치고 한국으로 돌아왔습니다. 40대 중반의 나이에 새롭게 회사를 들어가서 적응하기는 쉽지가 않았지만 그래도 다행히 기존의 경력을 살려서 의류회사에 들어갔습니다. 그러나 실적 압박과 여러 문제로 인해 결국 일 년도 채우지 못하고 다시 퇴사하게 되었습니다. 가족의 생계를 책임져야 하는 가장으로서 막막하였지만 아직은 젊다는 생각에 새로운 분야(도배기술)로

뛰어들었고 수년간의 시행착오와 고생을 겪으면서 작년에 신축 아파트 동반장으로서 제 개인 사업을 시작하였습니다. 몸은 고되고 힘든 직업이었지만 그에 비해서 다른 장점도 많았기에 감사하는 맘으로 사업을 꾸려갔습니다. 그렇게 2013년에 종합 검진을 받고 나서 7년이 지나도록 먹고 사는 게 바쁘고 건강검진 받을 돈도 아깝다고 생각되었습니다. 게다가 내년에는 도배 사업과 더불어 새롭게 시작하려는 부동산 투자사업(경매)을 위한 사업자금을 모으느라고 잘 유지하던 저와 가족들의 보험도 깨고 난 후에 신장암을 발견했기 때문에 솔직히 너무나도 충격이었습니다. 처음 몇 일간은 지난날의 제 결정이 너무나 후회되고 마음이 미어질 듯이 힘들었습니다. 그러나 아내와 함께 새벽기도회에 참석하여 기도를 드리면서 제게 주신 그분의 마음을 다시금 알게 되었습니다. 대학교 시절, 미국에서의 선교활동 중 하나로 나바오 인디언 보호 구역에서 마지막 일정을 마치고 밝아오는 새벽을 바라보며 너무나 행복했었고 그대로 그분 곁으로 가고 싶었던 마음이 다시금 떠올랐습니다. 그러나 한국으로 귀국하여 대학을 졸업하고 바로 사회에 진출해서 치열하게 살아왔던 19년의 삶. 오랫동안 잃어버렸던 그때의 마음이 두 번째 암 수술을 받기 위한 지금의 이 시점에서 다시 제게 떠오르는 것은 왜인지 모르겠습니다.

　　지나온 삶 속에서 그분의 길을 인정하지 못하고 모든 것을 철저하게 제 위주로 계획하고 결정하고 살아왔던 시간이었다고 고백합니다. 그분의 자녀로 살아가고 있다고 하였지만 제 내면 깊은 곳에서는 철저하게 세상에서 돈 많이 벌고 성공하겠다는 생각이 최고의 우선순위가 되었었고 그러기에 스스로 자신을 합리화하고 타협하며 살아왔던 삶이 아닐까 싶습니다. 그러기에 만약 계속해서 아무도 모르는 저 자신의 내면에 숨겨진 성공 주의에 사로잡혀 암보험, 종신보험, 실비보험을 계속 유지하고 아무런 문제 없이 건강까지 철저하게 관리하였다면, 마지막 죽는 순간에도 돈, 명예, 건강 그리고 주위 사람들의 지지만을 갈구하다가 그분 앞에 부끄러운 모습으로 섰을 것 같습니다. 또한, 마음속에서는 미래에 대한 두려움과 습관적인 죄에서 벗어나지 못하며 내면의 저 자신에게 실망하는 삶을 살아 갔을 것 같습니다.

이제 제게 남은 시간이 얼마인지는 오직 그분께서만 아신다고 믿습니다. 늦었다고 생각하는 지금이라도 저를 부르시는 그분의 부드러운 음성에 반응하며 남은 하루하루의 삶을 선물로 주셨다는 마음으로 겸손하게 살아가고 싶습니다.

20년 만에 찾아온 장기 휴식

참으로 오랜만의 휴식인 것 같습니다. 모든 분들의 염려와
기도 덕분에 다른 곳에 암 전이도 없이 지난주 수술을 잘 받고
퇴원하여 집에서 휴식을 취하고 있습니다. 다음 주에는 조직
검사결과를 가지고 의사 선생님을 만나서 최종 암 진단 여부를
받게 됩니다. 암이든지 아니든지 지금 이 순간 사랑하는 아내
와 아이들 곁에서 지낼 수 있는 것에 감사를 드리게 됩니다. 그
리고 제 부재로 인해 걱정했던 일도 다행히 두 동생이 자리를
잘 지켜주고 있습니다. 또한, 소장님의 저를 향한 배려도 그저
감사가 됩니다.

수술 부위와 몸의 회복을 위해서 짧게는 12월에서 내년 1월
까지는 쉼의 시간이 필요할 것 같습니다. 대학을 졸업하고 사

회에 진출하던 해가 2000년인데 올해가 2019년이니까 딱 20년 만에 반강제적으로 장기 휴식하게 되었습니다. 이제 하나뿐인 신장으로 앞으로 남은 인생을 살아가려면 몸을 잘 챙겨야 할 것 같습니다. 그리고 한 달이 넘는 휴식 기간에 무엇을 해야 하나 막막함도 있지만, 굳이 이것저것 하려고 애쓰지 않고 그냥 맘이 가는 대로 쉬려고 합니다. 앞으로는 하루하루가 저에게 완전히 새롭게 주어진 삶이기에 그분께서 원하시는 것을 잘 헤아려서 순종하려는 맘이 듭니다.

오늘 하루도 추운 날씨에 미세먼지도 좋지 않습니다. 꼭 마스크 쓰시고 일하시기 바랍니다. 건강이 너무나 소중하다는 단순하지만 명확한 진리를 다시금 느끼게 됩니다. 대한민국 도배사 파이팅!

참으로 기대되는 2020년 한해

새로운 2020년이 시작되는 일출을 직접 보지는 못했지만, 추운 바깥이 아닌 따스한 집안에서 누님이 그리신 그림으로 아름다운 일출을 봅니다. 2019년도는 그분의 은혜 안에서 행복하고 감사했던 한해였습니다. 힘든 일과 어려움이 제게 무서운 해일처럼 닥쳐왔지만, 그것조차도 선히 이끄셔서 저의 가정을 가장 좋은 상황으로 인도하셨던 한해였다고 믿어봅니다. 그러기에 건강도, 재물도, 명예도 그 모든 것을 그분께 조용히 내려놓고 겸손하게 주어진 환경에서 감사하고 최선을 다하여 하루하루를 충실하게 살아가 보겠다고 다짐해 봅니다. 때론 연약해서 여전히 쓰러지기도 앞날에 대해 염려도 하겠지만 수시로 그분을 바라보며 하루하루 힘을 내려고 합니다.

　한 달간의 휴식을 뒤로하고 다음 주부터는 다시 현장 일을 시작하게 됩니다. 비록 예전처럼 일하지는 못하겠지만 마스크도 쓰고 안전과 건강에 더 신경을 쓰면서 일을 하려고 합니다. 그저 일을 시작할 수 있다는 사실과 같이 일하는 아내와 동생 그리고 동갑내기 친구가 있다는 것에 감사하며 즐겁게 일해보려고 합니다. 진심으로 아침에 온전히 일어날 수 있는 것과 이렇게 편하게 앉아서 글을 쓸 수 있는 것조차도 너무 감사합니다. 오늘 새해를 맞이해서 그동안 감사했던 분들에게 안부를 전하는 이 시간도 참 소중하고 기뻤습니다. 작은 것에 소중함을 잊지 않고 살아가는 저와 모두가 되시기를 바라봅니다. 대한민국 도배사 파이팅!

봄이 오려나 봅니다

올해 겨울은 유난히도 따스한 것 같습니다. 그래서 더욱 봄날의 따스한 햇볕이 그리워집니다. 한동안 미세먼지가 심해서 뒷산에 오르지 못했는데 어제 오후는 깨끗한 공기를 마시며 상쾌한 기분으로 뒷산에 다녀왔습니다. 소나무가 무성한 숲속의 흙 내음을 맡으며 걸어가는 짧은 산행이었지만 참으로 행복하고 감사했습니다. 신장암 수술을 받고 나서 한달 간의 휴식을 뒤로하고 1월부터는 다시 신축현장에서 아내와 동생과 친구랑 넷이서 즐겁게 일하고 있습니다. 평 단가도 많이 떨어지고 일의 진행도 원활하지 않아서 수입이 예전과 같지는 않지만 그래도 감사하게 생각하고 쉬엄쉬엄 일하고 있습니다. 그렇게 시간을 보내다 보니 설 연휴가 시작되어서 4일간의 긴 휴식도 보내고 왔습니다. 오랜만에 만난 친척들과의 만남이 즐거웠고 아직

태어난 지 5개월도 안 된 아끼던 친척 동생의 쌍둥이 두 딸도 너무 사랑스럽고 예뻤습니다.

　내일은 오랫동안 검사하지 못했던 대장내시경 검사를 받게 됩니다. 가족력이 있고 또한 2번의 암 수술을 했던 환자라서 걱정이 없지는 않지만 편안한 마음으로 검사를 받으려고 합니다. 검사결과 큰 문제가 없으면 2월 한 달간은 전남 순천에서 일하게 될 것 같습니다. 현재 일하는 현장 일이 잘 연결이 안 되어서 함께 일하고 있는 동생과 친구를 쉬게 할 수 없는 이유도 있고 저 또한 공기 좋은 남쪽에서 쉬엄쉬엄 일하다가 오려고 합니다. 기회가 되면 주말에 셋이서 여수 밤바다도 구경하고 맛난 것도 먹으며 즐겁게 다녀오려고 합니다. 대한민국 도배사 파이팅!

사는 게 참으로 감사합니다

2월 말에 순천에서의 일을 잘 마무리하고 무사히 가족의 품으로 돌아왔습니다. 몸 상태가 예전과 같지 않아서 좀 걱정이 되지만 그런데도 감사하게 잘 지내고 있습니다. 사실 지금에서야 편안하게 쓰고 있지만, 그때 대장내시경 검사를 받았던 이유가 혈변을 발견하고 나서였습니다. 신장암 수술을 받고 3개월도 지나지 않았는데 이런 일이 생겨서 전 너무 당황했고 아내도 제 이야기를 듣고 주방 바닥에 털썩 주저앉으며 넋을 놓고 말았습니다. 검사결과가 나오기 전에 전 대장암으로 전이가 된 것은 아닌지 걱정이 되었습니다. 아버님이 대장암과 간암으로 65세의 젊은 나이에 돌아가셨고 어머님도 간 경화로 인해서 50대 초반에 제 곁을 떠나셨기에 여러 날 동안 잠을 이루지 못했습니다. 그러나 정말 다행히도 내시경 검사 결과는 큰 이상이 없었고 작은 용종으로 발견된 것은 암이 아니었습니다. 제가 수술 후 건강을 생각해서 '비트'를 포함한 야채쥬스를 지속적으로 마셨는데 그게 이유였던 것 같습니다. 정말 이제는 제 몸에서 작은 변화만 생겨도 너무나 예민하게 반응이 되는 습관이 생긴 것 같습니다.

　3월의 중순이 훌쩍 지나가고 있는데 봄의 따스한 햇볕이 느껴져 너무 행복합니다. 매년 춥고 힘든 겨울이 지나면 어김없이 제 곁으로 다가온 봄날이지만 올해의 봄이 더더욱 제게는 소중하게 느껴지는 것은 왜인지 모르겠습니다. 많은 것을 계획하지도 너무 심각하게 고민하지도 말고 그저 선물로 주신 오늘을 감사하게 인정하면서 지내려고 애쓰고 있습니다. 어려움과 고민이 없다면 거짓이지만 그런데도 사랑하는 가족 곁에서 오늘 하루 함께 지낼 수 있다는 그 사실 자체만으로도 많이 감사하고 행복합니다. 늘 그러하듯 도배사님들도 오늘 하루 행복하시기 바랍니다. 대한민국 도배사 파이팅!

봉담 현장을 마무리하며

1월에 시작한 봉담현장도 이제 거의 막바지에 들어가고 있습니다. 작년 12월에 수술을 받고 한 달간 쉰 후에 과연 신축현장에서 일하는 게 괜찮은 건지 고민을 하면서 시작했는데 벌써 4개월이 지나고 끝을 바라보고 있습니다. 지금은 예전에 수입을 위해서 무리하게 일을 할 때와는 달리 건강을 생각해서 쉬엄쉬엄 일하고 있으므로 수입이 크게 줄었습니다. 그래도 동반장으로서의 업무 특성상 스트레스와 건강을 생각할 때 작업환경의 열악함은 어쩔 수가 없는 것 같습니다. 이번 주에는 수술 후 암 전이 여부 확인을 위해 CT 검사를 받고 다음 주에는 담당 의사 선생님을 만나서 검사결과 소견을 듣게 되는데 편안하게 맘을 먹으려고 하지만 걱정되는 맘이 제 속에 이따금 솟아나곤 합니다. 최종 검사결과 큰 이상이 없다면 계속 일을 해야 하는데 다음 현장이 평택 현장이기 때문에 긴 시간을 운전하면서 일을 하는 게 부담이 되기는 합니다. 그리고 도배를 처음 입문하시는 분들을 위해 정보도 드리고 도움이 되고자 시작한 글쓰기인데 이제 제 생각에 신축현장에서 제가 알려드릴 수 있는 내용은 거의 다 써온 것 같습니다. 도배학원을 졸업하고 신축현장에서 도배기술을 배워서 일한 지도 벌써 6년 차에 들어가고 있습니다. 그래서 현재의 제 건강과 팀원들의 상황을 고려한 결과 신중히 준비해서 일반 재도배 분야로 옮기려고 계획하고 있습니다. 아직 부족한 부분이 많아서 새롭게 배우며 시행착오도 겪겠지만 다시 시작하는 마음으로 하루하루 노력해보려고 합니다. 경험과 기술이 쌓이다 보면 나중에 다시 글이나 영상으로 도움을 드릴 기회가 생기리라 생각해 봅니다.

코로나 사태로 인해 모든 상황이 불확실하고 어렵지만 그래도 현재 주어진 감사의 조건을 찾아서 맘을 잘 다잡고 견디다 보면 이겨낼 수 있으리라 믿어봅니다. 오늘도 일하고 계시거나 쉼의 시간을 갖고 계시는 모든 대한민국 도배사님들을 응원합니다 대한민국 도배사 파이팅!

일반 재도배 사업 진출계획

　다행히 4월의 병원 검사도 큰 이상이 없이 지나갔습니다. 그 후 주어진 삶에 하루하루 살아가다 보니 벌써 무더운 여름을 지나고 있습니다. 원래 계획은 4월에 봉담 현장을 마무리하고 일반 재도배 분야로 바로 진출을 하려고 했는데 문제가 좀 생겨서 미루다가 이제야 한 걸음을 내딛으려 합니다. 일반 재도배 분야는 저와 아내의 건강도 염려가 되고 너무 오랫동안 신축현장의 단가가 낮게 형성되어 있어서 언젠가는 옮겨야겠다고 생각을 하고는 있었습니다. 저의 다음 목표는 정식으로 개인 사업자를 내서 제가 거주하는 지역에 도배(인테리어)사무실을 개업하는 것입니다. 소망하기에는 제 나이를 고려하여 늦어도 3년 후인 2023년에는 시작하였으면 합니다. 그래서 앞으로 10년 정도 일을 더 현장에서 하면서 기술과 경험이 쌓이면 마지막으로는 도배학원을 차려보고 싶습니다. 오로지 도배기능사 시험을 따기 위한 학원이 아니고 도배사로 진출하시려는 분들을 위한 디딤돌이 될 수 있는 학원을 만들고 싶습니다. 신축 아파트 현장이나 일반 재도배와 관련된 기술뿐만이 아니라 도배와 관련된 여러 분야로 진입하시는 데 도움이 될 수 있는 정보와 소개도 함께하는 학원을 만들어 보고 싶습니다. 부족한 제가 도울 수 있다는 생각으로도 마음이 벅차고 기대가 되는 꿈인 것 같습니다. 그 마지막 길로 가기 위한 중간 단계로 방산 시장에서 일을 받아서 일반 재도배 분야의 경험과 실력을 쌓아보려고 생각해 보았습니다. 기계도 보유하고 있고 같이 일하는 팀원들도 있으므로 여러 경로를 통해 일감을 받아서 시공을 해보려고 합니다. 재도배일을 한 경험이 있기는 하지만 제 경력의 대부분이 기초 작업이 완료된 신축현장에서 작업을 해왔던 터라 기초 작업에 대한 이해와 기술이 부족한 점이 있기 때문에 아무래도 시행착오를 겪으면서 경험을 쌓아 나가야 할 것으로 생각하고 있습니다. 최대한 거래하는 장식회사와 소비자에게 피해가 가지 않도록 신중하게 준비하며 일을 쳐나갈 계획입니다. 그래서 첫 시작으로 오늘 방산 시장에 있는 장식회사에 전화하거나 직접 방문하여 도배팀이 필요한지 직접 부딪혀 보려 합니다. 인연이 생긴다면 좋은 회사를 만날 수 있을 거라 기대해봅니다. 혹시 여러 가지 문제로 인해 방산 시장에 진입이 어렵게 되면 일단 계속해서 신축현장에서 일할 수밖에 없을 것 같습니다. 그리고 내년에 코로나 사태가 좀 진정이 되면 다시 재도배 분야로 진출을 해보려고 합니다. 그와 동시에 유튜브에 있는 일반 재도배 분야의 기술도 간접적으로나마 익혀보려고 합니다. 또한, 지인이나 우리 집을 직접 시공해보면서 실전 경험을 쌓아보는 시간도 가져보려고 합니다. 솔직하게 현재 일하고 있는 신축 분야가 제게 편하게 느껴지기는 합니다. 왜냐하면, 이미 거래처와 도배팀이 세팅되어서 일만 열심히 하면 되고 남에게 스트레스받을 일도 없기 때문입니다. 하지만 건강과 단가에 대한 고민과 함께 좀 더 다양한 도배(인테리어)기술을 배우고자 하는 마음과 상대적으로 나은 작업환경에서 팀원들과 일하고픈 심정이 더 큰 것 같습니다. 게다가, 타성에 빠져서 제게 주어진 삶을 편하게 살지 않고 나이와 관계없이 더 도전하는 삶을 살고 싶습니다. 그러나 인생이 늘 생각하는 대로 이뤄지지 않는 것을 잘 알고 있어서 겸손한 마음으로 한 걸음씩 나아가려고 합니다. 6년 전 도배를 처음 시작했을 때에도 두려운 마음과 걱정으로 시작했지만 포기하지 않고 묵묵히 지내다 보니 어느덧 시간이 흘러, 크진 않지만 도배 사업을 운영하는 제 모습을 보면서 힘내봅니다. 또한, 제가 신뢰하는 그분을 의뢰하며 주어진 상황에 불평하지 않고 감사함으로 진행하고 있습니다. 그리고 소망하기는 일반 재도배 분야로 진입을 하여 일하는 동안에도 배우게 되는 기술과 경험을 모두 나누어드리고 싶습니다. 이렇게 글로서나 시간이 되면 Youtube를 정식으로 운영하면서 도움을 드리고 싶습니다. 그 어디에서도 일반 재도배 분야에 진입하는 과정과 진입 후 겪게 되는 어려움을 해결하는 과정에 대한 것들은 찾아볼 수 없기에 더욱 필요를 느끼고 있습니다. 그러기에 물론 미력하지만 제가 몸으로 겪어가며 얻는 체험과 기술도 함께 나누고 싶습니다. 그러면 저와 같은 길을 가고자 하시는 분들에게 조금이나마 도움이 될 수 있을 것 같고, 제 남은 인생에서 보람을 느낄 수 있는 또 하나의 가치 있는 일이라고 믿습니다.

오늘은 글이 많이 길어졌습니다. 안주하던 현실에서 벗어나 새롭게 도전을 하려고 하니 생각이 많아지는 것 같습니다. 자주는 힘들겠지만, 중간마다 일이 어떻게 진행이 되고 있는지 글로서 인사드리겠습니다. 우리가 겪어보지 못했던 코로나 시대를 살아가면서, 알 수 없는 미래로 인해 불안감이 들기는 하지만 이 상황에서도 긍정적인 맘을 잃지 않고 사랑하는 가족과 친구들 곁에서 건강하게 오늘 하루를 살아갈 수 있다는 생각만으로 함께 이겨나갔으면 합니다. 대한민국 도배사 파이팅!

방산 시장 영업을 다녀온 후

함께 일하는 동생과 2주 전에 새로 만든 명함을 가지고 방산 시장에 같이 다녀왔습니다. 일반 재도배 분야로 진출하기 위한 첫걸음이었습니다. 개인 사업자를 만들고 나서 직접 온라인이나 오프라인을 통한 영업으로 일을 시작할 수도 있지만 여러 가지 이유로 방산 시장에 있는 장식회사에서 일감을 받아서 시공하는 쪽으로 계획을 세웠었습니다. 스무 군데를 방문해서 명함도 드리면서 현재 시장 상황에 관한 이야기도 들을 수 있었습니다. 역시 예상대로 일감이 많이 줄어서 힘들다는 답들이 대부분이었습니다. 일이 많은 곳은 있겠지만 거의 모든 장식회사가 손님이 없어서 운영에 어려움을 겪는 것 같았습니다. 나중에 혹시 일감이 있으면 연락을 달라고 인사를 드리며 나왔는데 2주가 넘은 오늘까지도 연락은 없었습니다. 어차피 예상한 일이었고 현재도 신축현장에서 일하고 있으므로 실망하지 않고 담담히 일하고 있습니다.

길게 내다보고 시작한 계획이었기 때문에 코로나 상황을 지켜보면서 다시 재도배 분야에 나설 생각입니다. 그때는 방산시장 쪽에만 그치지 않고 다른 방법을 찾아보아야 할 것 같습니다. 그리고 앞으로도 흔들림 없이 열심히 일하면서 준비를 해보려고 합니다. 날씨가 장마로 인해서 아주 축축하고 비도 옵니다. 대한민국 도배사 파이팅!

너무 늦게 시작한 첫 도배 봉사

도배를 시작하면서 늘 마음에 품고 있었던 도배 봉사를 드디어 실행에 옮겼습니다. 어제는 동탄에 있는 요양원 도배 봉사를 다녀 왔습니다. 할머님들이 쉬시는 병실의 벽면을 광폭 합지로 시공을 하였는데 즐거운 맘으로 아내와 함께 봉사하고 왔습니다. 코로나 사태가 진정이 된다면 좀 더 자주 기회를 찾아서 봉사하고 싶습니다. 그리고 훗날에 제게 기회가 주어진다면 제팀을 만들어서 함께 정기적으로 봉사를 하고픈 마음도 있습니다.

새로 생기는 기회들

이번에 안양 현장의 작업 연결이 원활치 않아서 부득이하게 단기간으로 일하게 된 오피스텔 원룸 현장 사진입니다. 몇 달 전 용인에서도 원룸 작업을 진행하였는데 신축 아파트 현장과는 다르게 아기자기하게 작업하는 맛이 있었습니다. 그리고 길다면 긴 12일간의 오피스텔 시공을 오늘에서야 마무리하였습니다. 용인 현대 오피스텔 작업을 생각하며 시작했는데 이 현장은 제 예상보다 시공완료일이 더 걸렸습니다. 그래도 좋은 경험이라고 생각하며 이번 기회로 새로운 인연을 만나게 된 것도 감사하게 생각됩니다. 새로 알게 된 반장님이 제가 형님이라고 불러도 좋을 정도로 제게 잘 대해주셔서 힘든 현장이었지만 기분 좋게 일하였습니다. 앞으로도 종종 연락하며 안부를 전하자고 정을 나눴습니다.

그리고 비록 방산 시장과 온라인 인테리어 회사에서 일감을 받지는 못했지만 생각지도 않은 새로운 기회가 또 생겼습니다. 현재 같이 일하고 있는 소장님이 임대 아파트 재도배 사업을 새로 시도하는데 같이 일해보자고 권유하셔서 흔쾌히 승낙했습니다. 아직 재도배에 익숙하지 않은 저로서는 좋은 기회라 생각하며 열심히 해보려고 합니다. 어느덧 내년이면 50이 되는 나이를 바라보며 짧지 않은 인생에서 늘 느끼는 것이지만 서두르지 않고 솔직하게 자신의 역량에 맞춰서 한 걸음 한 걸음 묵묵히 걸어가다 보면 그리고 도중에 절대로 포기만 하지 않는다면 그에 응당 하는 결과는 늘 갖게 되는 것 같습니다. 게다가 호주에서 일하고 계신 형님도 3년 안에는 한국으로 귀국해서 저와 같이 도배일을 해보기로 맘을 먹으셨습니다. 맘이 맞는 형제가 함께 도배하는 것도 새로운 꿈이며 참 행복이라고 저는 생각합니다. 형님이 오시면 잘 정착할 수 있도록 그 전에 준비를 해야 할 것 같습니다. 왁스의 '황혼의 문턱'이라는 노래의 끝에 있는 가사가 너무 맘에 와 닿는다는 형님의 말씀에 같이 나누어 봅니다. 오늘 하루도 모두 정말 수고하셨고 평안한 쉼이 있길 바랍니다. 대한민국 도배사 파이팅!

"어느덧 세월은 날 붙잡고 황혼의 문턱으로 데려와 옛 추억에 깊은 한숨만 쉬어가네. 나 후회는 없어 지금도 행복해 아직도 나에겐 꿈이 있으니까"

그저 감사하고 또 감사합니다

어디서부터 글을 써야 할지 모르겠습니다. CT 검사결과를 갖고 지난 화요일에 만난 의사 선생님은 "수술받으신 지 일 년이 되셨죠? 문제없네요. 신장 수치도 떨어졌고요. 내년 4월에 다시 검사하시죠"라며 짧은 소견으로 말씀을 해주셨습니다. 그 짧은 말씀이 얼마나 얼마나 감사하던지 모르겠습니다. 신장 수치가 높아서 다음 날 신장 내과 선생님을 만날 예정이었는데 이미 답변을 미리 주셔서 답안지를 갖고 시험장에 들어가는 편안한 맘이었습니다. 6개월의 시간이 제게 선물인 보너스로 주어진 듯한 맘이었습니다. 사실 올해는 걱정되는 맘으로 일을 시작했기에 검사결과가 더욱 감사했습니다. 운동도 꾸준히 하지 못하고 식습관도 이전보다는 나아졌다고는 하지만 가끔 즉석 음식도 먹으며 여러모로 제 건강을 잘 지키지 못했던 것 같아서 내심 걱정이 많았습니다. 이제 가을도 서서히 물러나고 추운 겨울이 다가오지만 그래도 기쁩니다. 눈을 볼 수 있어서 좋고 그 시간이 지나면 또 따스한 봄날을 맞이할 수 있어서 좋습니다. 아직 신축현장에서 일하고 있지만, 이 시간조차도 제겐 소중한 시간입니다.

어제는 묵었던 연장의 때를 깨끗하게 닦아내며 몸도 마음도 새롭게 하는 시간을 가졌습니다. 현재의 신축현장이던 미래의 새로운 기회 속에서 일하던 저 자신은 자랑스러운 대한민국의 도배사라는 마음이며 선물로 주어진 하루하루를 성실히 살아가 보려고 합니다. 오늘도 쉼의 시간을 가지셨거나 일을 하셨던 모든 대한민국 도배사님들을 응원합니다. 대한민국 도배사 파이팅!

크리스마스 선물을 받았습니다

구분	수험번호	응시종목	시험결과	일자리찾기
응시 4회	실기	03204292	도배기능사	합격	찾기

"정광수님 도배기능사[실기] 합격을 진심으로 축하드립니다."

« ‹ **1** › »

    오늘 기다렸던 도배기능사 시험 결과가 나왔습니다. 결과는 감사하게도 합격입니다. 운전 면허증, 중등교사 자격증 이후로 세 번째 국가 자격증입니다. 올해 코로나 사태와 함께 여러 가지로 힘든 제 상황속에서 이 자격증은 행복한 크리스마스 선물과도 같습니다. 시험에 응시해서 합격까지 갈 수 있도록 권유해주신 신호현 명장님께 감사한 마음입니다. 나이가 들면서도 현실에 안주하지 않고 어제보다 나은 오늘의 제가 되기 위해서 계속해서 한 걸음씩 걸어가려고 합니다. 남에게도 스스로에게도 부끄럽지 않은 도배사로서 오늘도 하루를 살아갑니다. 대한민국 도배사 파이팅!

가슴 벅차게 시작한 2021년 한해

　작년 새해 첫날이 기억납니다. "과연 한해를 어떻게 슬기롭고 건강하게 살 수 있을까?" 깊은 고민으로 시작했던 시간이었습니다. 몸이 예전과 같지 않아서 신축현장에서 도배를 할 수 있을지 더 나아가서 도배일 자체를 할 수 있을지에 대한 두려움의 시간이었습니다. 하지만 전 초등학생, 중학생, 고등학생인 세 아들이 인생의 파고를 너무 어린 시절에 겪지 않도록 그저 열심히 일할 수밖에 없었던 평범한 40대 후반의 가장입니다. 작년 한 해 동안 일했던 현장을 헤아려보니 총 8개 현장에서 일했습니다. (봉담-평택-강동-서초-안양-주엽-용인-의왕). 한해동안 2번의 암 전이 정기 검진에서 아무 문제 없다는 진료 결과와 아내와 함께 7년 만에 받은 정밀 종합 건강검진 결과도 정상이어서 너무나 감사했었습니다. 또한, 코로나 사태로 인해서 한

치 앞도 알 수 없었던 지난 한 해 동안 가족이 모두 건강했고, 일도 쉬지 않고 연결이 되어서 재정적으로 부유하지는 않았지만 따스하고 아늑한 집에서 가족과 한 끼 식사를 걱정하지 않고 지냈던 작년은 제 가족에게는 정말 기적과도 같은 시간이었습니다.

2021년 올해가 제게는 또 기대됩니다. 긴 시간 동안 일하던 신축현장에서 재도배 현장으로 옮기려는 계획이 어느 정도 실현되기를 소망해봅니다. 더디게 진행되는 부분이 있지만 그렇기에 더욱 단단히 만들어져서 좋은 결과를 낼 수 있으리라 믿어 봅니다. 늘 그러했듯이 도배일을 계속하면서 새롭게 알게 되는 분들과의 만남도 보너스와 같아서 더욱 기쁜 일인 것 같습니다. 한국 나이로 50세를 맞은 오늘 새해 첫날 맘이 가볍고 기분이 상쾌합니다. 지금까지 그러했듯이 하루하루를 선물로 주신 날에 깊이 감사드리며 주어진 삶에 최선을 다해서 살아보려 합니다.

오늘은 모든 분이 쉼의 시간을 갖고 계시리라 생각되는데 휴식의 시간에 계신 분이던, 혹 일터에서 열심히 일하시는 분이던 올 한해가 인생에서 또 하나의 소중한 추억이 되길 진심으로 바라봅니다. 대한민국 도배사 파이팅!

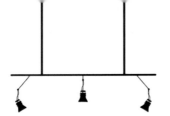

부록

*도배학원

지난주에 도배 카페와 밴드를 개설하고 나니 고맙게도 몇 분들이 가입을 해주셨고 어떤 분들과는 전화 통화나 직접 만남을 갖기도 하였습니다. 여러분들이 도배사가 되기 위한 준비를 하시면서 예전에 제가 느꼈던 고민을 갖고 계셨습니다. 그래서 저도 아직 가야 할 길이 먼 3년 차 도배사지만, 도배사가 되기 위해 고민하시는 분들에게 조금이라도 도움이 될 수 있을까 생각하여 지속해서 도배와 관련된 글을 올리려고 합니다. 그래서 제 블로그/카페에 크게 "도배 입문"과 "도배 지식"의 메뉴를 만들었습니다. 이 두 개의 카테고리에 그간의 제 경험과 생각 그리고 관련된 자료들을 계속 올리도록 하겠습니다. 잘 읽어 보시고 또한 다른 곳에서도 정보를 알아보시면 도배사가 되는 길을 찾으실 수 있을 것입니다. 다만 제가 올리는 글들이 정답이라고 생각하지는 말아 주시기 부탁드립니다. 제 주관적인 경험과 생각들 그리고 자료들이기 때문에 단지 참조를 위한 방향으로 삼으셔야 하고 최종 길은 각각 본인들의 성격과 상황에 맞춰서 결정하셔야 합니다. 물론 제게 질문을 주시고 조언을 원하시면 진심으로 도와드리겠습니다.

도배사가 되기 위한 첫 입문 방법은 크게 3가지로 나뉘는 것 같습니다. 오늘은 그 3가지 방법 중에서 도배학원에 관해서 이야기를 나눠볼까 합니다. 도배학원은 국비 지원이 되는 학원과 그렇지 않은 학원이 있습니다. 전 국비 지원을 받기 위해서 미리 퇴사 전에 배움 카드를 만들어 놓았습니다. 포털 사이트에 내일 배움 카드신청에 대해서 찾아보시면 자세한 방법이 나왔으니 여기서는 관련 내용에 대해서는 생략하겠습니다. 전 이 카드를 사용해서 학원비의 80%를 지원받고 나머지 20%를 자비 부담하여 도배와 타일을 배웠습니다. 처음 도배사를 꿈꾸며 관련 정보를 얻기 위해서 많은 사이트와 글들을 읽었지만 솔직하게 구체적으로 도움을 받기는 어려웠습니다. 그래서 일단 부딪혀보자는 마음으로 도배학원 두 곳을 방문해서 직접 상담을 받았습니다. 두 곳의 학원 담당자분에게 제 궁금점에 대해서 상담을 받았고 최종적으로 금정역에 있는 학원에 다니기로 하였습니다. 도배만 배우려 했는데 제가 다음에 일반 인테리어 가게를 운영하고 싶다고 하였더니 타일과 목공도 배우도록 추천해주셨습니다. 그래서 타일은 낮에 한 달간 배우기로 하였고 도배는 그 후에 야간 3개월 과정으로 배우기로 하였습니다. 야간 3개월의 도배 교육은 전적으로 도배기능사 자격증을 따기 위한 과정입니다. 그렇기 때문에 나중에 신축현장에서 일하던, 재도배 분야에서 일을 하던 다시 새롭게 도배기술을 배워야 합니다. 마치 대학에서 관련 학과를 공부했지만, 회사에 들어가서 실무를 새롭게 다시 배우는 것과 동일하게 생각하시면 됩니다.

학원은 도배 기본 공구 준비, 도배 기초(칼질, 솔질) 경험, 자격증 취득준비, 학원 동기 인맥, 일자리소개 정도로만 만족하셔야 합니다. 처음 기술을 배우기 위한 입장에서 여러분들은 고민이 많을 것입니다. 그렇지만 일반 인테리어를 운영할 생각이 확고하지 않다면 시간과 비용을 투자하면서 여러 모든 과정을 다 배울 필요는 없는 것 같습니다. 다만 제 개인적인 의견입니다. 제 생각은 먼저 도배 한가지 과정만 배우고 나중에 다시 필요하다면 추가로 시간을 내면서 배우는 방법입니다. 학원은 꼭 집 근처가 아니더라도 인터넷 홈페이지가 있고 졸업생들의 후기가 좋은 곳을 선택하는 게 나을 것 같습니다. 그리고 꼭 등록 전 학원에 방문해서 상담을 받아보는 것이 좋습니다. 또한 도배사 자격증은 꼭 따놓으시는 게 좋습니다. 전 아쉽게도 떨어졌습니다. 머릿속에 작업 방식에 대해서 입력은 했지만, 실재 시험에 들어가서 시작을 하니 실수가 잦아서 시간 안에 못 들어왔습니다. 내년에 꼭 하루 시간을 내서 다시 시험에 응시할 계획입니다. 신축현장이나 재도배 분야에서 자격증 유무를 따지지는 않습니다. 다만 언젠가는 자격증이 필요할 때를 위해서 준비를 하는 게 좋고 신축현장에서 개인사고 발생 후 보상 관련해서 자격증이 있으면 도움이 됩니다. 물론 먼저는 다치면 안 되는 게 첫 번째입니다. 그리고 일반 인테리어 업자가 큰 규

모의 관급공사를 수주하기 위해서도 자격증이 필요한 것으로 알고 있습니다. 학원교육 과정을 다 이수하면 국가 공인 자격증 시험(도배기능사)을 보게 되고 그 후에는 학원에서 일할 수 있는 곳을 소개해 줍니다. 전 혹시나 소개를 안 해줄까 봐 미리 틈틈이 인터넷에서 도배 관련으로 구직하는 곳을 찾아보았지만 잡코리아, 사람인, 알바몬, 벼룩시장 등의 공개적인 사이트에는 도배사를 찾는 곳이 거의 없었습니다. 그래서 첫 진입을 위해서는 학원 소개나 주변 인맥 그리고 도배 관련 사이트(카페, 밴드)에서 찾아보는 게 더 빠른 방법입니다. 주기적으로 방문하면서 구직자리가 생기게 되면 조건을 확인하고 지원을 하면 됩니다.

저도 학원에서 소개받은 인테리어 회사 소속 도배직영팀의 소장님을 만나 뵙고 2015년 11월 16일 첫 출근을 하였습니다. 그곳에서 일하다 보니 2년의 세월이 흘러갔습니다. 더 궁금하신 점이 있으시면 댓글을 달아주시기 바랍니다. 제가 아는 선에서 진심으로 답을 달아드리겠습니다. 계속해서 여러 주제로 도배와 관련된 글을 올리도록 하겠습니다. 주말이 벌써 다 지나갑니다. 내일 새벽부터 추워진다고 하는데 다들 건강 잘 챙기시기 바랍니다. 대한민국 도배사 파이팅!

*신축 아파트 현장(1)

어제는 새 한주의 시작인 월요일이고, 열심히 거실 천정을 정배하느라 몸이 좀 힘들어서 글을 못 올렸습니다. 그럼 다음 이야기를 이어갑니다. 현재까지 제가 일하고 있는 신축 아파트 현장에서 직/간접으로 경험한 것과 주위에서 들은 내용 중 오늘은 인테리어 회사에 소속된 소장님이 운영하는 직영 도배 팀 위주로 설명해 드리려고 합니다. 노파심에 당부드리고 싶은 말씀은 제 글이 신축 아파트 현장에 대한 전체 상황을 대표하지는 않는다고 봅니다. 제가 쓰는 내용에 대해서 동의하지 않으시는 분들도 분명히 계시리라 생각됩니다. 그러니 당연히 저의 글이 정답이라고 고집하지도 않습니다. 이점을 참조하셔서 읽어주셨으면 좋겠습니다. 도배학원을 수료하던, 지인의 소개로 일을 하던, 또는 본인이 직접 찾아서 도배를 배우던 신축 아파트 현장의 도배팀에는 참으로 많은 분이 여러 사유로 오시는 것 같습니다. 현재 소장님 밑으로도 제가 일하는 동안 대략 서른 명 정도의 초보분들이 들어오셨다 다시 떠나셨습니다. 2년의 기간 동안 초보로 시작해서 계속 일을 하는 사람이 저와 다른 한 분뿐인데 나머지 분들은 여러 가지 개인 사정으로 그만두셨습니다. 이번에도 며칠 전에 두 분이 새로 오셔서 일하고 있습니다.

신축 아파트 현장의 도배팀은 크게 3부류로 나누면 될 것 같습니다.

1. 인테리어회사와 거래하시는 도배 소장님이
운영하는 직영 도배팀
2. 도배 소장님이 재 하청을 주는 동반장님
(일명 동 띠기)
3. 도배 소장님이 재 하청을 주는 천정이나
벽 띠기 반장님

이 중에서 도배 초보(현장에서는 "데모도"란 일본말을 주로 사용합니다)분들은 주로 직영팀이나 동 띠기 팀에서 일을 처음 배우게 됩니다. 사실 어떤 팀에 첫발을 내딛는가에 따라서 일을 배우는 방향이 많이 달라지는 것 같습니다. 다만 각각 장단

점이 있어서 어느 것이 정답이라고 말할 수는 없을 것 같기도 합니다. 또한, 소장님이나 동 반장님의 성향에 따라서 팀의 색깔도 확연하게 다른 것 같습니다. 전 계속 직영팀 소장님 밑에서 일을 했는데 간접적으로 동 반장님팀의 성향도 조금은 파악을 하고 있습니다. 그래서 신축현장에서 도배를 배우시려면 각자 개인의 상황과 성격에 맞춰서 선택하는 게 맞는 것 같습니다.

직영 도배팀(도배 소장님이 인테리어 회사와 직접계약) ; 인테리어 회사의 일감을 직접 운영하는 경우입니다. 현재의 추세는 직영팀 식구들이 최소의 수량을 소화하고 나머지 물량은 동 띠기나 벽 또는 천장 띠기에 재 하청을 줍니다. 신축현장에서 일하시는 도배사분들이 대부분 일당으로 일하지 않고 띠기를 하시기에 발생한 현상인 것 같습니다.

장점 ;

*동반장님팀과 비교하면 상대적으로 일 강도가 강하지 않음

*인테리어 회사에 소속된 소장님이기에 급여 문제시 대처가 유리(인테리어 회사와 현장 사무실에 직접 문제 제기)

*물량에 대한 압박이 상대적으로 적어서 기술을 배울 때 품질에 대한 습득이 유리

단점 ;

*일을 배우는 속도가 상대적으로 느림(처음에는 정배보다 곰
방/재단을 할 경우가 많음)

*여러 가지 일을 모두 배우지 못함(게링, 바인더, 초배, 정배, 재
단 업무가 나뉘어 있음)

제가 소속된 팀은 게링과 바인더 그리고 텍스를 치시는 분이 따로 계셔서 제가 할 기회가 거의 없었습니다. 게다가 재단은 소장님이 직접 보조분을 데리고 하셔서, 전 30분 정도 소장님에게 재단하는 방법을 배우고 일주일간 소장님이 현장에 안 계실 때 정배와 재단을 같이 해서 간신히 기초만 배웠습니다. 그리고 직영팀은 하자처리를 꼭 해야 합니다. 하자 리스트가 나오면 전체 현장의 발생한 도배 시공 하자에 대해서 책임을 지고 해결을 해야 합니다. 저도 하자를 전적으로 보지는 않았지만, 하자처리를 몇 번 해보면서 제품의 품질에 대한 식견이 높아진 것도 장점이라고 해야 할 것 같습니다. 저희 직영 식구들은 천장 정배를 위주로 하고 벽은 벽 띠기 반장님이 꺼리시는 복잡하고 큰 평형대를 하게 됩니다. 새로 현장에 들어가면 짧게는 3개월에서 길게는 6개월 이상 걸리는 일도 있습니다. 대부분 3개월 이내에 완료되었고 현재 일하는 시흥 한라현장에서는 6개월째 일하고 있습니다.

다른 소장님팀은 아예 천장 정배만 직영 식구들이 하고 나머지 벽은 모두 벽 띠기 팀에게 재 하청준다고 합니다. 소장님

의 성향과 현장 상황에 따라서 물량을 쳐내는 방법은 여러 가지인 것 같습니다. 또한, 팀의 색깔도 소장님의 성격과 운영 방식에 따라서 매우 다른 것 같습니다. 오늘은 이만 글을 줄이고 두 번째로 동 띠기에 대해서 다시 다음에 글을 나누도록 하겠습니다. 평안한 밤 되시고 행복하시기 바랍니다. 대한민국 도배사 파이팅!

*신축 아파트 현장(2)

2017년 11월도 오늘 밤이 마지막이고 내일은 12월의 첫날입니다. 남은 한 달 동안 지난 한 해를 잘 정리하면서 의미 있는 2017년으로 기억되시길 바랍니다. 오늘은 새벽에 출근하는데 너무 추웠습니다. 건강을 위해서 지하철까지 자전거를 타고 출/퇴근하는데 내일은 더 춥다고 합니다. 몸 챙기시면서 일하시기 바랍니다. 건강이 최고입니다.

오늘 이야기는 아파트 신축현장에서 흔히 볼 수 있는 "동 띠기"에 대해서 나눠볼까 합니다. 동 띠기는 직영 소장님에게서 한 동 또는 두 동의 물량을 받아서 책임지고 작업하는 방식입니다. 재단에서 게링/바인더/초배/정배/하자까지 전부 동 반장님이 전적으로 책임을 져야합니다. 직영 소장님이 새로 현장에 들어가시면 총 작업할 물량을 판단하고 동 띠기 반장님들에게 일정 물량을 나눠줍니다. 동 띠기 반장님들에게 주지 못한 물량은 당연히 직영팀에서 해결해야 합니다. 오래전에는 직영 식구들이 몇십 명이나 돼서 거의 전체 물량을 다 소화했다고 합니다. 그러나 현재의 추세는 직영 식구의 수는 최소화하고 동 띠기나 벽/천장 띠기 팀에게 물량 대부분을 준다고 이미 말씀드렸습니다. 동 띠기 반장님이 처음 현장에 오시면 현장의 평형과 구조를 파악하고 소장님과 가구당 평당 가격에 대해서 합의가 되면 작업을 진행하게 됩니다. 제가 첫 현장에서 도배를 배울 때부터 지금 시흥 현장까지 저희 소장님은 동 띠기 반장님에게 언제나 일정 물량을 주셨습니다. 어떤 현장에서는 한 팀만 들어오시기도 하고 많으면 네 팀 이상이 들어오시는 경우도 있었습니다. 동반장님은 부부가 하시는 경우도 있고 동성끼리 팀을 만들어서 일하시는 때도 있습니다. 동 띠기의 경우 재단부터 정배에 하자까지 모든 과정을 다 진행해야 하므로 팀워크가 매우 중요한 것 같습니다. 물론 직영팀도 마찬가지라고 생각됩니다.

동 띠기 팀에 초보로 들어갈 경우의 장/단점(이미 지난번에 언급했던 직영팀과 반대로 보시면 됩니다)

장점 ;

* 일을 배우는 속도가 상대적으로 빠름

* 여러 가지 일을 배울 기회가 있음

(게링, 바인더, 초배, 정배, 재단)

* 직영팀보다 벽지나 자재 곰방물량이 적음

단점 ;

*직영팀보다 상대적으로 일 강도가 강함(직영 소장님에게서 평단가의 일부를 떼이기 때문)

*물량을 많이 쳐내야 하므로 속도를 매우 중요시함

그래서 다는 아니지만 일을 거칠게 배운다는 경향도 있습니다. (동 띠기 팀에서 배워오셨던 몇 분의 도배한 결과를 저희 반장님이 보시고 해주신 말씀입니다) 전 직영팀에서 처음 일을 배웠는데 3년이 지난 지금에서 곰곰이 생각해 보면 동 띠기 팀에서 일을 배워도 좋았겠다는 생각도 듭니다. 제가 체력과 끈기가 있기는 했지만 일을 좀 더 빨리 배우고 싶었습니다. 하지만 인생사가 마음대로 되는 게 아닌 것을 알고 있습니다. 지금의 직영팀에서 그래도 포기하지 않고 일하다 보면 어디 다른 현장에 가서도 홀로 설 수 있을 것 같습니다. 그 점에 감사하게 생각하고 내일도 열심히 천장 정배를 하려고 합니다.

다음에는 "벽 띠기/천장 띠기"에 대해서 나누도록 하겠습니다. 질문 사항이나 잘못된 내용이 있으면 언제든지 알려주시기 바랍니다. 열린 마음으로 감사하게 듣겠습니다. 오늘도 수고 많으셨습니다. 대한민국 도배사 파이팅!

*신축 아파트 현장(3)

오늘도 일하시는 분들은 추운 날 건강 챙기시라고 위로를 전하고 싶습니다. 전 쉬는 주일이라서 아침에 일어나 여유를 가지고 이 글을 쓰고 있습니다. 따스한 차 한 잔과 함께 김용신의 "그대와 여는 아침"이라는 라디오방송을 들으며 글을 쓰고 있으니 더욱 기분이 좋습니다.

그간 글을 올리면서 카페 회원님들이나 밴드회원님들에게 피드백을 받고 있는데 도움이 되신다고 하니 제가 더 감사합니다. 저도 힘을 내 계속해서 도움이 될만한 글을 올리겠습니다. 혹여나 제 글로 인해서 다른 분들에게 피해가 가지 않도록 주의를 기울이는 점도 있습니다. 언제나 모든 사람을 만족하게 할 수는 없는 것을 알지만 그래도 최선을 다하려고 합니다. 오늘은 요즘의 아파트 신축현장에서 많이 볼 수 있는 신축현장 세 번째 이야기로 "벽 띠기"와 "천장 띠기"에 대해서 글을 나누겠습니다. 지금까지 신축 현장도배에 관해 올린 제 글들을 계속해서 읽으셨다면 몇 번이나 이 '띠기'라는 단어에 대해서 언급한 것을 알 수 있을 것입니다. 벽/천장 띠기는 일반 재도배 분야에서 볼 수 있는 프리랜서 도배사님들과 비슷한 개념으로 보시면 됩니다. 직영 소장님팀이나 동 띠기 팀에 소속되지 않고 자유롭게 일거리를 받으시면서 일하시는 분들입니다. 일반 재도배 분야에서의 프리랜서 도배사님들은 일당제로 일을 마친 후에 돈을 받지만, 벽/천장 띠기는 본인들이 일한 만큼 돈을 받아가는 구조입니다. 예를 들면 84타입(34평)의 벽 띠기 경우 평당 1,000원으로 결정되었다고 하면 34평(한세대) x 1,000원(한평) = 34,000원이 됩니다. 그럼 하루에 벽 정배를 1세대를 마무리하시면 34,000원의 일당을 받게 되는 것입니다. 84타잎의 경우 일반적인 구조에서는 안방(드레스룸), 작은방 2개, 거실(창고)벽을 바르게 됩니다. 신축현장에서 일하시는 벽 띠기 반장님들을 보면 개인차가 매우 큰 것 같습니다. 다만 기본적인 품질은 유지하셔야 다음의 일감을 얻는 데 문제가 없어 보입니다. 거칠게 일하시는 분들은 급한 경우를 제외하고는 소장님께서 일을 안 주시는 것 같습니다. 평단가도 1,000원은 예로 든 거고 세대의 구조와 현장의 위치 등에 따라서 변합니다. 단지 서울/경기권에서는 암묵적인 최저 가격대가 있는 것 같습니다. 마치 일반 재도배 분야에서 기공분들의 일당이 일정하게 형성된 것과 같은 이치입니다. 천장 띠기도 벽 띠기와 비슷하게 이해하시면 됩니다. 벽 띠기 반장님들은 여성분들이 많습니다. 사실 이 도배 분야가 여성분들이 많이 일하고 계시는 직업군 중의 하나 같습니다 제가 소장님 밑에서 일하면서 벽 띠기 반장님들을 만나보면 대부분 여성분이었습니다. 다만 천장 띠기는 남성 두 분이 일하시는 것을 봤는데 호흡이 잘 맞으셔서 월수입을 괜찮게 가져가시는 것 같았습니다. 이분들은 미리 재단된 도배지를 사용해서 정배만 하시게 됩니다. 재단, 곰방, 기초 작업(게링/바인더), 초배의 모든 과정은 직영팀에서 다 처리해줍니다(일부 현장에 따라서 띠기 반장님이 하시기도 함). 물론 그 공정들에 대한 가격을 감안하여 벽/천장 띠기의 단가가 결정되기는 합니다. 하자는 벽/천장 띠기 반장님이 하시는 경우도 있는데 한 번 정도 오셔서 하자를 보십니다. 왜냐하면, 현실적으로 현장의 일이 끝나면 바로 다른 현장으로 가시기 때문에 지속해서 하자를 보기가 어려우십니다. 그래서 단가 책정 시 하자를 보지 않을 경우를 고려하여 얼마를 떼고 결정하는 것으로 알고 있습니다.

벽/천장 띠기는 이미 위에서 말씀드린 대로 프리랜서로 일하기 때문에 대부분 보조분을 받지 않습니다. 본인들이 하루 일한 만큼 수입을 가져가기 때문에 보조분을 가르치면서 일을 하기가 어려워서 그런 것 같습니다. 그래서 처음 도배를 배우기 시작하시는 분들은 동 띠기 팀이나 직영 소장님팀에서 일을 시작하게 되는 겁니다. 그럼 천장/벽 띠기는 프리랜서이고 돈도 많이 벌 것 같은데 주의할 점이 몇 가지 있습니다. 첫째, 본인이 일감을 수주해야 하므로 인맥이 넓지 않다면 일감이 끊겨서 고정적인 수입이 어려울 수 있습니다. 그래서 지속해서 일감을 얻기 위한 고민을 하셔야 합니다. 둘째, 일한 만큼 수입이 늘어나는 구조라서 몸 상태를 조절하지 않으면 몸이 상할 수 있습니다. 정말 일을 많이 하시는 분들은 새벽 6시에 시작해서 밤 10시까지 하시는 분도 봤습니다. 돈이 아무리 좋지만, 건강을 잃어버린다면 무슨 의미가 있겠나 싶습니다. 셋째, 신축현장에서의 도배가 생각보다 쉽지 않습니다. 환경이 일반 재도배 분야보다 훨씬 척박합니다. 그래서인지 보조분들은 신축현장에서 잠깐 동안 도배의 기본만 배우시고 일반 재도배 분야로 옮기시려고 합니다.

이 정도로 정리하려고 합니다. 이 세 가지 구조(직영 소장님, 동 띠기 팀, 벽/천장 띠기)가 일반적으로 신축 아파트 현장에서 일하고 있는 도배 시스템입니다. 다음에는 제가 많이 경험하지는 않았지만, 일반 재도배 분야에 대해서 글을 써보도록 하겠습니다. 다들 행복한 하루가 되시길 바랍니다. 대한민국 도배사 파이팅!

*일반 재도배 현장

　이번 주는 날씨가 정말 춥습니다. 벌써 봄을 기다리는 것은 욕심일까요? 도배사들에게 겨울 도배는 힘든 시기인데 다들 긍정적인 마음으로 잘 이겨내길 바라봅니다. 오늘은 일반 재도배 분야에 대해서 나눠보려고 합니다. 3년 차 도배사인 제게 이 분야는 솔직히 경험이 많지 않습니다. 사실 대부분 시간을 신축 아파트 현장에서 보냈기 때문입니다. 하지만 틈틈이 아파트 재도배 시공에 참여했었고 중간에 잠깐 장식회사에서도 일해본 경험이 있습니다. 그래서 제 직간접적인 경험도 추가하여 글을 써보려고 합니다. 도배에 입문하길 원하시는 분들에게 조금이라도 도움이 되길 바랍니다.

1. 도배 분야

일반 재도배 분야는 다시 세부적으로 들어가면 무척 다양합니다. 신축 아파트 현장의 시스템은 제가 그동안 써왔던 대로 구조가 단순합니다. 새로 지은 아파트 현장 안에 평수, 타입의 변화만 있고 시스템은 거의 대동소이합니다. 하지만 일반 재도배 분야는 가정집(빌라, 아파트), 원룸, 전원주택, 상가, 식당, 노래방, 피시방, 백화점, 마사지 가게 등등 도배가 필요한 공간은 모두 해당이 됩니다. 같은 평형의 아파트 시공이라도 밑 작업과 벽지 종류에 따라서 시공법이 다양하게 나뉘게 됩니다. 그리고 이사 철이나 새 학기 등이 되면 도배를 많이 하므로 신축현장보다는 비수기와 성수기가 상대적으로 명확하게 구분이 되는 것 같습니다. 디자인회사나 동네에 있는 인테리어가게(지물포)에서 일감을 수주하기 위한 경쟁도 무척 치열한 것 같습니다. 예전에는 동네에 있는 인테리어가게나 서울 방산시장의 인테리어가게에서 일감을 받아서 도배사에게 도배를 맡겼는데, 현재에는 오프라인이 아니라 온라인 시장이 더 중요시되는 경향이 있는 것 같습니다. 그 중심에는 역시 무척이나 발달한 인터넷 인프라 때문인 것 같습니다. 합리적인 가격의 도배를 원하시는 소비자분들이 여러 온/오프라인 경로에서 견적을 문의하게 됩니다. 그러기에 고급시공과 같은 특별한 이유가 없이 견적단가를 무리하게 높게 되면 일을 수주하기가 힘들어 지는 것 같습니다. 또한, 요즘에는 셀프도배의 관심과 인테리어관련 앱도 활성화되어서 소비자분들이 더욱 다양한 방법으로 시공을 맡기는 추세인 것 같습니다.

처음에 도배를 어디에서 시작하시든, 나중에 일반 재도배 분야에서 개인 사업을 하실 분들은 일감을 어떻게 받아야 할지 늘 고민하면서 마케팅과 영업 전략을 세우셔야 합니다. 아무리 좋은 도배기술과 경험을 가졌다 하더라도 일감이 적으면 도배 분야에서 생존하는 게 어려운 것 같습니다.

2. 임금(일당)체계

도배 관련 카페나 밴드에 올라온 구인 글을 꾸준히 살펴보면 기공의 단가가 일정한 금액 안에서 형성되어 있습니다. 서울/경기권을 포함하여 전국적으로 지역의 상황에 따라서 일당 금액이 다 같지 않고 약간씩 차이는 있는 것 같습니다. 일당은 하루 일이 끝나면 바로 받거나 며칠 안에 받는 것으로 알고 있습니다. 그리고 도배사님들은 개인 사업자를 만드셔서 인테리어사무실을 오픈하시거나 프리랜서로 일들을 많이 하시는 것 같습니다. 물론 보조나 준기공의 경우에는 팀 안에서 팀원으로 일을 하기도 합니다. 저도 남양주 장식회사에서 일할 때는 도배 팀에 소속이 되어서 일했는데 월급제로 받기로 하고 들어갔습니다. 이쪽 분야에서는 도배경험이 전혀 없는 초보보다는 어느 정도 도배일을 경험해보신 분들을 더 선호하는 것 같았습니다. 기공이 아닌 준기공이나 보조 도배사 일당의 경우는 대략적인 기준은 있지만, 전적으로 팀장 권한으로 결정되는 것 같습니다. 가끔씩 도배 카페에 올라온 글을 보면 도배를 배울 수 있다는 명목으로 일당도 못 받고 몇 개월씩 일했다는 경우도 종종 봤습니다. 제 개인적인 생각은 가능하다면 아무리 배우는 과정이라고 하더라도 최저임금 수준의 일당이라도 받고 일할 수 있는 곳을 찾는 게 나은 것 같습니다.

3. 재도배 시공 시스템

신축 아파트 현장은 말 그대로 새집에 새로 도배를 하는 것입니다. 그래서 많은 물량이 정해진 구조로 되어있기에 작업 방식도 단순화/분업화가 되어있습니다. 하지만 일반 재도배 분야의 도배는 이 지면에 다 설명할 수 없을 정도로 다양하고 변수도 많습니다. 거의 99% 재도배이기 때문에 기존의 벽지 상태, 벽/천장 구조, 확장 여부, 공실 여부 등에 따라서 작업 방식이 정해져야 합니다. 또한, 벽지 종류도 소폭 합지/장폭 합지/실크 벽지/수입 벽지/뮤럴벽지등 인테리어 경향과 소비자의 기호에 따라서 다양하게 변화되는 것 같습니다. 제가 9일간 남양주에 있는 장식회사에서 일해본 결과 도배 시공은 굵직하게 3단계로 나눠서 작업이 진행되었습니다.

1) 상담단계(시공가격/벽지선정/일정조율) -> 2) 밑 작업 단계(기존 벽지, 전등 제거/네바리, 부직포, 싱작업) -> 3) 정배 작업단계(천장, 벽 시공/전등 재설치/청소마무리)

이 중에서 시공의 경우로만 한정한다면 밑 작업단계는 재도배에서는 70% 이상의 비중을 차지할 정도로 무척 중요한 공정인 것 같습니다. 기존 벽지의 상태를 파악하고 정배를 해야 하므로 팀장의 능력과 경험치가 도배 품질과 시공시간에 지대한 영향을 미치는 것 같습니다.

　도배학원을 졸업하시면 대부분 신축현장에서 몇 개월 또는 몇 년을 버티면서 도배의 기본을 배웁니다. (칼질, 솔질, 이음매 보는 법 등등) 그 후에는 신축현장에 남아계시든지 아니면 일반 재도배 분야로 이동을 하십니다. 재도배 분야로 가시는 분들은 대부분이 프리랜서로 일을 하시거나 개인 사업자가 되셔서 인테리어사무실을 개점하여 일감을 만들어 나가시면서 사업을 확장해 나가시는 것 같습니다. 솔직히 아파트 신축현장이 여러 가지 이유에서 일반 재도배 분야보다 더 열악하고 힘이 드는 게 사실입니다. 그래서 더욱 많은 분이 신축현장에 일을 배우러 오셨다가 일반 재도배 분야로 옮기시려고 노력하시는 것 같습니다. 어쨌든 본인의 상황과 성향에 맞춰서 도배사로서의 진로를 결정하면 좋을 것 같습니다. 어서 겨울이 빨리 지나서 봄 도배의 계절이 왔으면 좋겠습니다. 대한민국 도배사 파이팅!

*도배기능사 자격증

    오늘은 도배기능사 자격증에 관해서 이야기를 나누려고 합니다. 먼저 저는 도배학원을 졸업하고 바로 시험을 보았는데 시간 안에 들어오지 못해서 떨어졌습니다. 자격증 시험도 떨어진 도배사 3년 차인 제가 이런 글들을 올리는 게 좀 쑥스럽기는 합니다.

    2018년 도배기능사 시험일정과 관련 내용은 아래와 같습니다. Q-NET(www.q-net.or.kr)에 도배기능사 시험에 관련된 자료를 내려받으실 수 있습니다. 그리고 학원을 이미 졸업하신 분들은 유튜브에 "도배기능사"라고 치시면 도배기능사 시험에 관련된 동영상이 많이 올려져 있으니 참고하시면서 시험을 준비하시면 됩니다. 시험일정을 확인하시고 미리 접수를 꼭 해야 합니다. 의외로 시험을 준비하시는 분들은 많고 상대적으로 시험장 개수는 적기 때문에 늦게 접수를 하게 되면 사시는 지역과 많이 떨어진 곳에서 시험을 보게 되는 일도 있습니다. 저도 올해는 시간과 비용을 투자해서 자격증 시험을 보려고 합니다. 2회차 시험에 응시하려고 하는데 자격증이 나오면 명함도 만들려고 합니다. 자격증은 신축현장이던, 일반 재도배 분야던 도배사로 일하기 위한 필수 조건은 아닙니다. 하지만 전 도배에 입문하시는 분들에게 자격증을 꼭 따시라고 권하고 싶습니다. 신축현장에서는 자격증이 있으면 혹시 크게 다쳤을 경우 원청이나 국가에서 보상을 받을 때 유리한 것으로 알고 있습니다. 그리고 일반 재도배 분야에서도 공공기관 오더를 수주할 때 자격증이 있어야 가능한 것으로 알고 있습니다.

위에 설명한 이유를 떠나서라도 도배사 자격증은 국가에서 공인한 자격증으로 개인적인 소견으로 가능한 가지고 있는 게 좋다고 봅니다. 다만 도배 입문 시에는 도배기술이 익숙하지 않아서 아주 손기술이 좋으신 분이 아니라면 시험에 붙을 가능성이 작다고 봅니다. 그래서 학원에서 배우면서 스스로 자신이 있는 분은 바로 시험에 응시해도 좋겠지만 그렇지 않은 분은 현장에서 몇 년 실력을 쌓고 나서 자격증 시험에 도전하는 게 나은 것 같습니다. 2018년 새해도 소망하시는 일들이 모두 성취되시길 바랍니다. 대한민국 도배사 파이팅!

*도배 자세의 중요성

입춘이 지났는데 아직 봄이 왔다는 느낌은 없습니다. 봄을 기다리면서 여행이 가지 못하고 아쉽지만 봄이 느껴지는 사진으로 맘을 달래봅니다. 1월은 지방에서 일하느라 글을 잘 올리지 못했습니다. 지방 생활을 하면서 다시금 느낀 것이지만 가족이 참 소중하다고 생각됩니다. 육체적으로 힘든 일이지만 사랑스러운 아내와 무럭무럭 자라나는 세 아들을 생각하며 감사함으로 살아갑니다.

도배를 하면서 새삼 느끼는 것이 자세의 중요성입니다. 마치 운동에서 자세가 중요한 것과 같은 이치입니다. 볼링도 점수는 200이 넘지만, 자세가 엉성하면 보는 사람도 불편하다고 느껴집니다. 하지만 남들 눈은 신경도 안쓰고 자기만 괜찮으면 된다고 생각하는 사람들도 있습니다. 솔직히 저도 그런 맘을 가지고 있었지만, 직업의 세계에서는 아마추어가 아닌 프로도배사로서는 옳지 않은 태도인 것 같습니다.

롤러 질을 하는 자세

솔을 쓰는 자세

칼질하는 자세

천장 머리를 잡는 자세

천정을 밀고 나가는 자세

벽 정배 시 벽지를 떼는 자세

위와 같은 수많은 자세들이 있는데 도배하는 사람에 따라서 그 자세들은 천차만별입니다. 그러나 다른 사람이 보기에 편안하고 전문가처럼 보이는 자세는 일반적인 것 같습니다. 이는 오랜 시간 동안 수많은 도배사님들이 시행착오를 겪으면서 찾은 자세라고 생각됩니다. 볼링이나 골프와 같이 공식화된 스포츠에서는 정석이라고 할 수 있는 자세가 일반화되어서 새로 배우는 사람들이 언제든지 전문가에게서나 관련 자료를 통해서 본인이 노력만 하면 어느 정도 수준에는 오를 수 있는 것 같습니다. 하지만 도배의 경우는 처음 만난 사수에 따라서 정말 많은 것이 좌지우지되는 것 같습니다. 사실 여러 도배사님에게서 배울 수 없는 환경적인 한계도 있습니다. 그런데도 올바른 자세를 익히려는 태도는 꼭 유지해야 합니다. 인터넷에서 도배 관련 동영상을 보기도 하고, 필요하다면 기회를 만들어서라도 여러 도배사님의 자세를 참조하려는 노력이 필요한 것 같습니다. 저도 잘못된 자세를 많이 가지고 있어서 고쳐야 하는 부분은 고치려고 노력하고 있습니다. 좋고 편안한 자세로 일하면 그만큼 일의 효율성도 배가되는 효과가 있습니다.

오늘은 오랜만에 여유를 느끼는 하루입니다. 가족과 함께 근처 공원에서 즐겁게 지내려고 합니다. 다들 행복한 주말 되시기 바랍니다. 대한민국 도배사 파이팅!

*도배 속도와 품질 간의 상관관계

　오늘은 도배의 속도와 품질에 관해서 이야기를 나눠볼까 합니다. 언제나 말씀드리지만, 저의 짧은 경험에 근거한 나눔이기에 정답이나 일반화가 될 수 없는 점을 말씀드리고 싶습니다. 하지만 숙련된 도배사가 되기 위해 늘 생각하고 좀 더 발전된 방향으로 나아가기 위한 문제 제기라고 생각해 주시면 감사하겠습니다. 물론 제 생각에 반하는 쓴소리도 언제든지 겸허하게 받겠습니다.

　도배를 하다 보면 늘 속도와 품질에 대해서 고민을 하게 됩니다. 일당으로 일을 하던, 제 일을 하던 속도가 높아지면 그만큼 일 양이 늘어나서 수입이 많아지게 됩니다. 하지만 품질을 무시하고 작업을 해 놓게 되면 하자가 발생하기 때문에 하자

처리시간이나 그에 상응하는 금전적인 손해가 생기게 됩니다. 또 품질이 거칠다는 이유로 일감을 수주하는데 어려움이 생기기도 합니다. 가장 무난하다고 생각하는 게 받는 일당과 작업 현장의 수준에 따라서 품질과 속도를 결정한다고는 하지만 그것도 생각뿐이지 실제로 작업을 하다 보면 솔직히 두 가지의 균형을 맞추는 게 쉽지 않습니다. 1군 현장에서는 품질이 까다로우므로 품질 위주로 작업을 진행하면 그만큼 일 속도가 늦습니다. 2군 현장에서는 상대적으로 속도를 높여서 양을 많이 쳐내지만 그만큼 품질이 깔끔하게 나오지 않습니다. 위에서도 언급했지만 일당을 받든 지, 띠기로 제 일을 하던지 일정 수입을 위해서는 그만큼 일 양을 쳐내야 합니다. 하지만 하자가 많이 발생하면 일 수주 자체가 어렵거나 스스로 하자를 봐야 해서 손실이 발생하기도 합니다.

이 두 가지의 균형을 잘 맞추는 게 정말 진정한 도배 전문가라고 저는 생각해 봅니다. 제가 아는 벽 띠기 반장님은 하루에 상당한 물량을 쳐내시는데 품질을 보면 매우 깔끔하게 하십니다. 물론 작업 시간을 많이 투자하셔서(아침 6시 시작해서 오후 7시) 많은 양을 쳐내시는 것이기는 하지만 그럼에도 품질이 좋다는 것은 일하시는 동안 효율적으로 일하시고 품질에 대한 기준도 높다는 것입니다. 누구나 천편일률적으로 작업을 할 수는 없겠지만 전 스스로 어느 정도 품질에 대해서는 기준을 가지고 일을 하는 게 맞다고 생각합니다. 그래서 저는 일을 할 때 그 사람에 대한 평가는 '속도'보다는 '품질'이라고 생각합니다. 아무리 빠른 속도로 많은 양을 쳐내도 심각한 하자가 자주 발생

할 정도로 품질이 안 좋다면 그 사람은 일이 거칠다는 선입견이 생길 것입니다. 물론 너무 꼼꼼하게 일을 하면 숙련된 기공이라고는 하는데 일 속도가 느려서 또 다른 선입견이 생기기도 합니다. 살아가면서 늘 느끼고 고민하는 부분이지만 균형이 참으로 중요하다고 생각됩니다. 그래서 도배의 속도와 품질에 대해서도 같은 상관관계로 두 가지 속의 균형이 정말 중요한 것 같습니다. 전 아직도 멀었다고 생각되고 이 부분에 대한 고민은 계속 일을 하면서 스스로 답을 찾아가야 할 것 같습니다.

구정이 다가옵니다. 한 달 전에 신정으로 새해를 시작했는데 다시 새로운 맘으로 새해를 시작할 수 있어서 좋은 것 같습니다. 모두 소원하시는 일들 다 성취하시길 바라고 늘 건강하시기 바랍니다. 대한민국 도배사 파이팅!

*도배 품질에 대한 마음가짐

　일요일 아침인데 따스한 모닝커피가 생각납니다. 지난번에 도배의 속도와 품질에 대한 상관관계에 대해서 글을 쓴 적이 있었지만, 품질과 속도를 따로 구분해서 글을 쓰는 것도 나름대로 의미가 있다는 생각이 들었습니다. 어차피 정답이 있는 것도 아니고 계속 도배를 하면서 늘 고민을 해야 할 부분이라고 봅니다. 품질문제는 도배에서만이 아니고 모든 분야에서 공통되는 주제인 것 같습니다. 예전에 의류 제조회사에서 일할 때도 제품의 품질문제로 어려움이 많았고 그에 대한 대안을 찾기 위해서 고민도 많이 했었습니다. 당연히 신축현장에서는 도배 속도가 매우 중요한 요소입니다. 그래서 제가 예전 직영팀에서 일할 때는 소장님의 일 처리 방식이 일단 빠른 속도로 일양을 쳐내고 시공 하자에 대해서는 하자처리 기간 중 한 번에 해결하시곤 했습니다. 하지만 저에게 도배를 가르쳐주신 첫 사수는 성격 자체가 꼼꼼하신 분이라서 품질에 많은 비중을 두셨습니다. 천장 정배는 그분에게 배웠고 벽 정배는 소장님의 아내이신 사모님에게 배웠습니다. 그러나 사모님은 성격이 정반대이신 분이라서 '품질'보다는 '속도'에 비중을 더 두셨습니다. 지금의 제가 도배를 하면서 느끼는 것은 '속도'도 중요하지만, '품질'에 먼저 비중을 두고 일하는 것 같습니다. 물론 정해진 시간에 일 양을 쳐내야 원하는 수입을 가져 갈수 있기 때문에, 속도가 느려지지 않도록 신경을 쓰지만, 다음에 발생할 하자를 생각하면 정배를 하는 동안 최대한 깔끔하게 해 놓자는 맘이 제게 있습니다. 아마도 제 성향문제라고 생각됩니다. 예를 들면 벽 정배 시 게링을 제대로 해 놓지 않아서 벽에 두드러지게 돌출된 곳이 발견되면 그냥 놔두지 못하고 면정리를 하고나서 정배를 마무리합니다. 그런 식으로 벽 정배를 하면서 작은 방 8개(대략 70~80쪽)를 하루 8~9시간 안에 마무리하려니 좀 힘들기는 합니다. 벽 띠기로 일을 하게 되면, 많이 바를수록 수입이 늘어나서 웬만하면 넘기고 가야 하는데 그게 잘 안 됩니다. 하지만 제 이름을 걸고 하는 시공으로서 정배를 마치고 깔끔하게 완료된 결과물을 보면 당장은 수입이 좀 적더라도 품질은 믿을 수 있는 제가 되리란 생각도 해봅니다. 그리고 당연히 계속 다른 기공분들의 조언도 듣고 스스로 고민을 하면서 속도도 빠른 고수가 될 날도 올 거라고 믿어봅니다.

　우마에서 떨어지지 않게 늘 조심하시면서 일하시기 바랍니다. 전 엊그제 우마에서 떨어져서 무릎이 좀 부었습니다. 오늘

도 가정과 본인의 꿈을 위해서 열심히 일하시는 도배사님들을
응원합니다. 대한민국 도배사 파이팅!

*도배 공구 설명

오늘 아침은 선선한 바람이 붑니다. 이제 조금만 참으면 도배사에게 행복한 계절인 가을 도배가 다가올 것 같습니다. 물론 가을 도배도 너무 빨리 지나가서 많이 아쉽기는 합니다.

오늘은 도배를 시작하시는 분들에게 어떤 글을 쓰면 도움이 될까 생각해 보다가 이전에 새로 오신 분들이 도배 공구를 잘 준비하지 못해서 어려워하셨던 기억이 났습니다. 그래서 처음 입문하시는 분들에게 필요한 도배 공구들을 설명해 드리고자 합니다. 제 경험에 근거하여 아파트 신축현장에 사용되는 기본 도구를 위주로 설명해 드리는 점을 양지 부탁드립니다. 최소한의 도구만 준비하고 나머지는 천천히 일하시면서 하나씩 구매하시는 게 좋을 것 같습니다. 아래의 모든 사진은 참고 자료로 나중에도 필요한 것들이라서 일단 다 올려 보았습니다. 구입처는 삼광사(구로)인데 인터넷이나 다른 지역에도 관련 도배 용품은 물론 구매할 수 있습니다.

1 도배 칼날(3번)

사진에 보시면 3가지 종류가 보이는데 전 개인적으로 도루코 칼날(3번)을 사용합니다. 지난번 도배단합 체육대회에서 받은 도루코 S 커터날도 괜찮습니다. 500개가 한 BOX로(10개들이 한 팩이 다섯 개 들어감) 판매를 하는데 가격은 삼광사에 문의해주시기 바랍니다. 일단 500개만 구매하시고 나중에 추가로 구매하시는 게 좋습니다. 칼날은 너무 아끼지 마시고 도배 품질을 위해서 자주 부러뜨려 사용하시는 게 좋습니다.

2. 도배 칼(4번)

전 4번과 8번 제품을 사용하고 있습니다. 다른 도배사님 중에서는 나무 재질(9번)로 된 제품이 이음매를 보는데 더 좋다고 하셨습니다. 일단 처음 시작하시는 분들은 4번 제품을 쓰시면 무난합니다. 커터날을 조정하는 부속은 일제를 쓰시는걸 추천합니다. 한국제품은 약해서 금방 망가지는 것 같습니다.

3. 칼받이 헤라(22, 27번)

벽지를 자르기 위해서는 헤라가 필요합니다. 옥 헤라가 튼

튼하고 칼자국이 안 나는데 삼광사(구로)에서는 옥 헤라뿐 아니라 자주색으로 된 헤라도 판매하는 데 사용할 만합니다. 일반 몰딩에는 3 & 5mm를 사용하고 마이너스 몰딩에는 7 & 10mm를 사용합니다. 그리고 벽 정배 시 걸레받이에 필요한 치수도 5 & 7 & 10mm를 사용하니 위의 2가지 헤라를 구매하시면 됩니다.

4. 플라스틱 헤라(30번)

30번 사진을 보시면 노란색 제품을 준비하시는 게 좋습니다. 파란색도 무방한데 좁은 면의 커텐박스 작업이나 이중 칼질 작업이나 우물천장 코너 마감시 에는 노란색 헤라가 유용하게 사용됩니다.

5. 알루미늄 헤라(32번)

32번 이 제품은 처음 시작에는 필요 없지만, 점차 일하시고 도배에 익숙해지시면 꼭 필요한 제품입니다. 전 마이너스 몰딩 벽면에 칼질 시 사용하거나, 천장/벽 정배 시 게링에도 사용합니다. 쇠 헤라는 물이 닿으면 녹이 슬어서 문제가 되니 꼭 알루미늄 헤라로 구매하시기 바랍니다.

6. 이음매 용 롤러(39번)

39번 이 제품은 현재는 삼광사에서 손잡이를 우레탄 고무로 제작되어 판매하고 있습니다. 제가 졸업한 도배학원에서는 38번 제품을 추천해서 구매했었는데 사용이 불편해서 현재 쓰지 않고 있습니다.

롤러는 도배사분들의 성격과 처음 배우는 과정에 따라서 사용 빈도가 매우 다릅니다. 어떤 도배사분들은 칼 헤라만 사용하여 롤러를 거의 사용하지 않으시기도 하고 제 사수는 거의 롤러만 사용해서 정배를 하셨습니다. 롤러와 헤라의 상관관계에 대해서는 나중에 따로 분리해서 글을 쓰도록 하겠습니다. 예민하기도 하고 중요한 사안이라서 그렇습니다. 어찌 되었건 롤러는 일단 구매하시고 사용법은 처음 배우시는 선배님에게서 잘 지도를 받으시면 됩니다.

7. 정배솔(42번)

42번 정배솔은 길이가 35cm와 40cm가 있는 것으로 알고 있습니다. 전 처음에 35cm를 구매해서 사용하다가 천장 정배 시 앞으로 미는 과정에서 폭이 좀 넓으면 좋겠다 싶어서 40cm를 추가로 구매해서 현재 잘 사용하고 있습니다. 남성분들은 일반적으로 35~40cm를 쓰시면 될 것 같고 여성분은 30cm를 사용하시는 분들도 봤습니다. 천장 작업할 때에는 좀 폭이 넓은 게 낫고 벽 정배 시는 폭이 큰 문제가 되지 않습니다.

8. 공구함(78 또는 79번)

학원에서는 너무 저렴하고 부실한 공구함을 준비해줘서 현장에서 일을 시작하면서 다시 추가로 구매했습니다. 전 개인적으로 79번으로 사용하는게 더 좋았습니다. 성격 때문에 한 현장이 끝나면 공구나 공구함을 청소하는데 79번은 피스를 풀면 전부 해체가 되어서 깨끗하게 닦을 수 있습니다. 물론 개인차로 청소에 대해서 큰 관심이 없으신 분은 78번을 구매하셔도 무방합니다.

9 걸레 주머니

전 82번 제품을 학원에서 받아서 사용했는데 시간이 지나면 물이 너무 새서 불편했습니다. 방수가 되는 걸레 주머니로 구매하시면 됩니다.

10. 본드 튜브(84번)

천장 정배나 벽 정배 시 시간을 줄이기 위해서 제 경험으로는 꼭 필요한 제품입니다. 본드 튜브 뿐만 아니라 허리에 찰 수 있는 본드 주머니도 따로 구매하셔야 합니다. 삼광사에서 문의하면 제품이 있으니 준비하시는 게 좋습니다.

11. 실리콘 총(93번)

너무 저렴한 제품을 구매하면 금세 망가집니다. 그래서 93번 제품을 준비해서 잘 사용해야 합니다. 실리콘 총을 쏘는 방법도 처음에는 어려워서 배워야만 하는 기본적인 기술입니다.

12. 도배 공구용 벨트

사진에는 없지만 삼광사에서는 군용 벨트나 저렴한 벨트를 판매하는데 전 아예 인터넷에서 허리 조정이 편리한 벨트를 따로 구매했습니다. 작업하면서 벨트 길이를 조정하기가 불편하면 일에 지장이 많아서 허리 조정이 편하게 되는 것으로 구매했습니다.

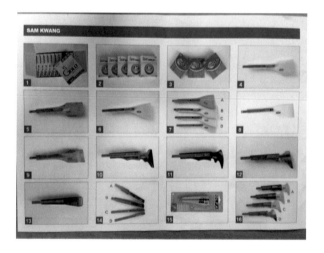

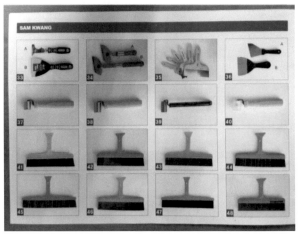

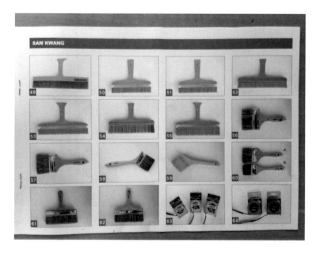

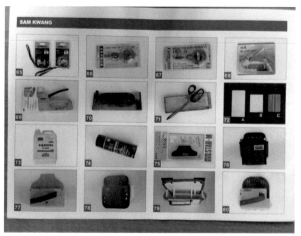

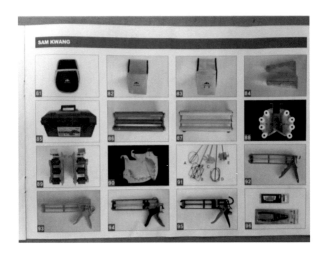

　이상 대략 정리를 해봤습니다. 나중에는 각 공구 하나하나에 대해서 좀 자세하게 제 경험과 주위에서 들었던 조언을 참고해서 설명을 해드리겠습니다. 처음 시작이라서 맘이 두렵고 걱정이 되는 게 당연한 이치입니다. 그래도 첫 시작이 반이라고 그 두려움을 극복하시고 중도에 어려움이 있더라도 포기하지 않고 묵묵하게 한 걸음씩 내디디면 시간은 지나게 되고 나중에는 반드시 번듯한 도배사가 되어있는 자신의 모습을 보게 될 것입니다. 힘내시고 자신감을 가지고 시작해 보시기 바랍니다. 대한민국 도배사 파이팅!

*도배 하자에 대한 생각들

　지난주에 영종도에 하자를 보러 갔다 왔습니다. 첫 번째 사업으로 맡은 동이라서 하자에 대해서도 신경을 많이 썼던 현장입니다. 77세대를 맡았는데 총 690개의 하자가 나왔습니다. 세대별로 평균 9개 정도인데 우리 실수도 있고 타 공정으로 인한 하자도 있었습니다. 이틀에 걸쳐서 일차 하자처리를 전체 완료한 결과 우리 시공 하자로 인해 폭 갈이/면 갈이를 해야 하는 곳이 20개가 나왔습니다. 이전에 직영팀에서 일하면서 경험했던 하자와 일산/안산 현장을 거치면서 문제 되었던 하자들을 영종도 벽/천장 작업을 진행하면서 식구들에게 설명해 드렸고 작업한 다음 날 시범도 보이면서 개선을 했는데도 좀 아쉬운 결과가 나왔습니다. 그래도 첫 사업으로 시작해서 이 정도의 결과면 "다행이다"라고 생각하기로 맘을 먹었습니다. 기본인 칼질과 이음매는 다행히 거의 하자가 없었지만 커텐박스꼬임과 벽 코너 꼬임, 장식장 태움 꼬임, 면 불량에서 아주 아쉬웠습니다. 이번 염창동 현장은 품질에 대해서 더 높은 수준이 필요하기에 이 현상에 대한 사진을 식구들에게 보여주고 재발이 안 되도록 신신당부를 하였습니다. 물론 처음에는 식구들이 작업한 내용을 보면서 검토도 다시 해줘야겠습니다. 이번 하자를 처리하면서 다시 느꼈지만, 하자도 개인별로 차이가 많은 것 같습니다. 식구들에 따라서 반복적으로 같은 하자를 계속 내는 부위가 다르고 그 하자가 발생하는 원인이 습관으로 굳어진 것 같기도 하고, 못 보고 지나쳤거나 아니면 정해진 물량을 쳐내기 위해서 시간상 패스를 해서 발생한 것 같기도 합니다. 물론 저도 안방 드레스에서 문틀 꼬임 하자와 안방 화장대 벽과 거실 현관에서 면 불량이 나왔습니다. 많지는 않지만 그래도 분명 개선할 부분이라 생각됩니다. 신축현장에서는 보조나 준기공 또한 기공과 관계없이 정해진 본인의 일당을 맞추기 위해서 속도를 무시할 수는 없습니다. 물량을 쳐내지 못하면 소장이던지 동반장이던지 계속 손해를 보기 때문입니다. 하지만 그 현장에서 요구하는 품질 이하로 정배를 하게 되면 결국 앞에서는 버는 것 같지만 뒤에서 손실을 보게 됩니다. 또한, 품질이 문제가 계속되면 요즘의 도배 상황에서는 일감수주에서도 불리한 게 맞는 것 같습니다. 이전에도 속도와 품질에 대해서 글을 쓰면서 고민을 많이 하였는데 여전히 제게는 숙제로 남는 것 같습니다.

다음번에는 하자별로 사진과 함께 발생 이유와 하자해결 방법 그리고 재발 방지를 위한 주의 사항에 대해서 정리를 해보도록 하겠습니다. 가을이 떠나면서 차가운 겨울이 성큼 다가오고 있습니다, 모두 건강 잘 챙기시고 늘 긍정적으로 하루하루를 살아가셨으면 합니다. 대한민국 도배사 파이팅!

도배하자 발생 원인과 해결방법
첫 번째 이야기(코너 꼬임 불량)

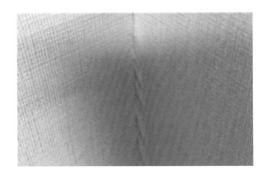

    염창동 현장에서는 아내가 풀사로 같이 일을 시작했기 때문에 영종도 현장보다는 한결 여유롭게 일하고 있습니다. 매 주일 휴식을 가지면서 커피 한잔을 마시며 도배와 관련해서 쓰고

싶은 글을 쓰는 지금이 정말 행복합니다.

앞으로 몇 번에 나눠서 신축현장에서 경험했던 하자에 대한 글을 써보려고 합니다. 언제나 말씀드렸지만, 저만이 정답을 가진 것도 아니고 아직도 부족한 경험들이라서 틀린 내용을 알려드릴 수도 있으니 잘 가려서 읽어주시기 바랍니다. 물론 정정할 부분이나 다른 지식을 알려주시면 정말 감사하겠습니다. 이로 인해 저도 간접적으로 더 경험을 쌓을 수 있을 거라 믿어봅니다.

오늘은 첫 번째로 벽 정배 시 발생하는 코너 꼬임(상기 사진 참조)에 관해서 이야기를 나누고자 합니다. 안산 현장에서 하자처리를 하면서 잘 발생하지 않았던 하자라서 영종도 작업 시 우리 식구들에게 특별히 강조하지 않았던 하자였습니다. 벽 정배 시 칼질과 이음매 처리와 같이 기본으로 지켜야 할 사항 중에 하나라서 간과한 제 잘못이었던 것 같습니다. 영종도 하자보수 시 이 코너 꼬임 하자로 인해서 좀 고생을 했습니다. 주사기로 최대한 살리려고 했지만 거의 다시 뜯고 면 갈이를 해야 했습니다.

* 예상 발생 원인 및 해결 방안

1) 코너에 실리콘 또는 본드 처리 안 함

전 일을 배울 때 맨 처음 정배 시 모든 코너에 실리콘으로 면을 채우라고 배웠습니다. 공간이 떠 있으면 시간이 지나면서 꼬이는 현상이 발생하기 때문입니다. 이번 하자처리를 하면서 코너 꼬임이 발생한 면을 칼질해서 벌려보면 대부분 실리콘이 안 쏴졌습니다. 시간이 급해서 안 쏘고 갔든지 아니면 그 부분을 까먹고 안 쏘고 갔든지 중요한 것은 처음 작업을 시작하면 본인이 계획한 공정에 근거해서 단계적/체계적으로 작업을 진행해야 실수가 줄어들 수 있습니다. 벽 정배 후 다음날에는 잘 안 보이다가 며칠이 지나서야 이 꼬임이 발생했다고 하는데 제가 먼저 발견을 빨리했다면 바로 식구들에게 정정을 해줬을 텐데 좀 아쉬웠습니다.

2) 코너 작업 시 각 잡는 작업 안 함

코너에 실리콘을 쏘고 나서도 첫 장을 붙이고 5mm 칼질을 하고 나서 헤라나 걸레 또는 손으로라도 꼭 각을 잡아줘야 합니다. 또한, 다음 장을 코너에 붙인 후에도 마찬가지로 각을 꼭 잡아줘야 합니다. 각 잡는 것을 통해서 속 안에 공간이 벽에 밀착되어서 꼬임이 발생하는 현상이 줄어들게 됩니다.

전 헤라를 사용하다 보면 벽지가 찢어지는 경우가 있어서 손가락으로 각을 먼저 잡고 풀을 닦기 위해서 걸레질을 하면서 다시 한번 더 각을 잡습니다. 이번 영종도 하자를 진행하면서도 느끼는 것이지만 도배를 하면서 속도와 품질에 대해서 고민을 하던 중에 나름 내린 결론은 품질을 위주로 하면서도 속도를 따라잡기 위해서 여러 방법을 찾으려고 하고 있습니다. 아직은 체력적으로나 실력이 그렇지 못해서 남들보다 더 시간을 투자하면서 시공을 하고 있습니다. 신축현장에서는 속도가 정말 중요합니다. 그래서 어떤 분들이 벽 띠기로 하루에 상당한 금액을 벌어가셨다는 이야기를 들으면 솔직히 속상하기도 합니다. 하지만 그분들은 나름대로의 비결을 가지고 노력해서 얻은 대가라 생각하고 저는 저대로 신축현장에서 요구하는 품질을 맞추면서 제가 희망하는 수입을 얻으려는 방법을 꾸준하게 찾으려고 합니다. 포기하지 않고 계속 고민을 하면서 일을 하다 보면 방법을 찾을 수 있으리라 믿습니다.

오늘도 날씨가 끄물끄물합니다. 모두 건강하시고 남은 오후도 행복하시길 바랍니다. 대한민국 도배사 파이팅!

도배하자 발생 원인과 해결방법
두 번째 이야기(면 처리 불량)

　현장에서 동반장으로 일을 하다 보니 매 주일 글을 올리기
도 쉽지가 않습니다. 3주 내내 주일에도 쉬지 못하고 일을 하다
가 지난 주일에는 잠도 푹 잔 후에 가족들과 여가도 갖고 오늘
에서야 맘의 여유가 생겨서 이렇게 글을 올립니다. 힘도 들고
지치기도 하지만 제가 좋아서 하는 일이라서 감사하는 맘으로

힘을 내 봅니다. 염창동 현장을 잘 마무리하고 어제 1차 매니저 하자처리를 아내와 다녀왔습니다. 세대별 하자 개수는 영종도와 비슷했지만 찍힘과 같은 타 공정 문제나 간단히 처리할 수 있는 하자들이 대부분이라서 수월하게 끝이 난 것 같습니다. 다만 몇 군데는 역시 재시공을 해야 해서 다시 다음 주에 가야 합니다. 영종도에서 발생했던 코너 꼬임 하자가 다시 다수 발생했는데 저희뿐만이 아니고 다른 동에서도 발생이 되어서 원인 규명 중입니다, 아마도 난방 문제라고 생각되는데 이 하자는 다시 결과가 나온 후에 자세히 올려 보겠습니다.

오늘은 하자가 자주 나올 수 있고 처리 또한 쉽지 않은 "면 처리 불량"에 대해서 이야기를 나누려고 합니다. 원인은 생각보다 단순하지만, 해결이 쉽지 않고 자주 발생하는 하자이기도 합니다. 석고 면이나 시멘트 옹벽에 보면 면에 이물질이나 석고 면이 파여 있는 경우에 면 정리를 하지 않고 초배/정배를 진행할 때 발생합니다. 기본적으로는 벽 정배 전에 게링 작업을 하고 정배를 하는데 아무리 꼼꼼히 게링을 한다고 하더라도 완벽하게 면 처리를 하기는 어렵습니다. 게링 작업의 시간이 많이 소요되기도 하기 때문입니다. 결국, 정배를 하면서 손에 걸릴 때는 초배지를 찢고 면을 정리하는데 그렇더라도 100% 잡지는 못합니다. 문제는 정배가 끝나고 벽지가 다 마르고 난 뒤에 하자를 보면서 이런 문제가 나오면 처리가 쉽지 않다는 것입니다. 다른 기공분들은 어떻게 해결을 하는지 모르겠는데 저는 헤라를 대고 망치로 두드려서 펴든 지, 이중따기로 그 부위만 수정하거나 너무 심할 경우에는 별 도리없이 폭 갈아나 면 갈이를 합니다.

하자처리를 하다 보면 대부분의 하자가 오염(풀때), 이음매 불량, 면 처리 불량, 칼질 불량이 전체의 70% 이상을 차지하는 것 같습니다. 이 4가지 하자만 줄여도 품질에 많은 향상을 가져올 거라고 생각을 해 봅니다. 시공 시 물량을 많이 뽑지는 못하더라도 품질을 위주로 하여 추후 하자 처리 시 시간을 줄이던가, 물량 위주로 가면서 추후 하자처리 시 이를 해결하는 방법 중에서 선택해야 하는데 물량도 많이 하시면서 하자도 적게 내시는 분들도 있을 거라고 생각합니다.

이번 안산 현장은 평몰딩과 일반 걸레받이라서 벽지를 태우며 작업하게 됩니다. 그래서 실리콘 사용을 최소화하는 방법으로 시간을 줄여보려고 합니다. 다행히 천장 몰딩 상태가 좋아서 3mm로 칼질을 해도 틈이 안 벌어졌습니다. 벽 정배 시에도 바인더(본드)칠을 하여서 실리콘 사용을 거의 하지 않고 시공을 해보려고 합니다. 시간이 많이 줄 것 같습니다. 도배를 하면 할수록 더 생각하고 발전해 가기 위해서 노력을 해야 할 것 같습니다. 너무 욕심부리지 않고 그렇다고 나태하게 타성에 빠지지 않도록 노력을 하다 보면 제가 원하는 목표에 다다를 때가 꼭 올 거라 믿습니다. 2018년 올해가 내일이면 마지막입니다. 올 한 해 수고 많이 하셨습니다. 2019년 내년에도 소원하시는 모든 목표와 소망들이 꼭 이뤄지시길 바랍니다. 대한민국 도배사 파이팅!

*도배하자 발생 원인과 해결방법
세 번째 이야기(콘센트 하자)

　1월 첫 주 주일도 저물어 갑니다. 저녁노을이 너무 아름답습
니다. 가족과 함께 간단히 저녁을 해결하고, 쓰고 싶었던 하자
관련 글을 다시 올려 봅니다. 오늘은 발생하는 하자 유형 중에
서 자주 발견되고 쉽게 간과할 수 있는 전기 콘센트 관련 하자

에 관해서 이야기를 나누고자 합니다. 콘센트 관련하자는 크게 세 가지의 유형으로 발생합니다. 첫 번째가 칼질 불량으로 콘센트 케이스를 덮고 나서 도배지와 콘센트 사이에 틈이 보이는 경우와 두 번째로 콘센트 주위로 주름이 잡히는 현상이 있습니다. 그리고 마지막으로 도배지가 터지는 경우도 발생합니다.

첫 번째 원인인 칼질 불량은 정배 시에 안쪽 케이스의 테두리를 따라서 밀착하여 칼질해야 하는데 보통의 경우 시간을 줄이기 위해서 그리고 나중에 케이스로 덮이겠다는 생각에 쉽게 칼질하여 발생합니다. 그러면 틈새가 보이게 돼서 하자 발생 시 실리콘으로 틈새를 막거나 벽지 조각을 덧대서 하자를 보는데 100% 깔끔하게 처리가 어렵습니다. 제일 좋은 방법은 당연히 정배 시 주의를 하는 겁니다.

두 번째와 세 번째가 주름이 생기거나 벽지가 터지는 현상인데 초배시 콘센트 부위에 본드칠을 두껍게 할 경우 주름이 생기고 겨울철에 난방온도를 높게 하면 간혹 칼질한 부위가 터지는 경우가 있습니다. 그래서 꼭 테두리는 초배시에 본드칠을 하지 않는게 좋습니다. 그리고 정배 중에는 본드나 실리콘을 쏴서 테두리 주위로 벽지가 안전하게 붙어있도록 조치하는 게 좋습니다. 주름이나 벽지가 터지게 되는 경우도 미세한 경우는 실리콘으로 하자를 보지만 심할 때는 마찬가지로 폭 같이나 면 같이를 해야 합니다. 현장을 마무리하고 1차 매니저 점검 하자를 보다 보면 꼭 이런 하자가 발생합니다. 초배와 정배시에 좀 주의를 기울이면 미연에 방지를 할 수 있는 하자인데 많이 아쉬운 생각이 듭니다. 100% 하자가 없이 도배할 수는 없겠지만 반드시 지켜야 할 기본은 있다고 전 생각합니다. 지켜야 할 기본을 마음에 새기면서 더 효율적으로 도배를 하기 위해서 방법을 찾다 보면 '품질과 속도' 두 마리 토끼를 다 잡을 수 있겠다고 믿으면서 꾸준하게 걸어가고 있습니다.

　오늘 하루도 일하신 분들 너무 수고하셨고 내일 새로운 하루가 시작됩니다. 건설 경기가 어려운 이 시기에 일할 수 있는 지금의 시간을 감사하게 생각하며 힘차게 내일 하루를 시작하려고 합니다. 대한민국 도배사 파이팅!

*도배하자 발생원인과 해결방법
네 번째이야기 (실크 벽지 이음매 불량)

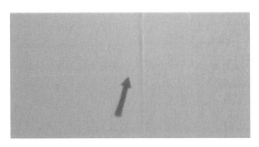

　　따스한 햇볕이 느껴지는 좋은 아침입니다. 미세먼지로 인해
창문을 열지 못해서 아쉽지만 그래도 얼싸 하고 추운 겨울 날
씨보다는 다가온 봄이 더 제게 좋은 기운을 줍니다.

　　오늘은 도배 하자에 대해서 마지막으로 글을 쓰려고 합니다. 그동안 올렸던 4가지 하자 외에도 많은 하자가 있지만 처음 도배에 입문하시는 분들은 이 4가지를 유념하시면서 일을 하시다가 시간이 쌓이면서 더 많은 경험을 하시길 바랍니다. 오늘 이야기할 도배 하자는 이음매(조인트 또는 하구찌) 불량(벌어짐과 겹침)입니다. 이음매가 벌어지거나 겹치는 원인은 너무나도 다양해서 단순하게 잘잘못을 따지기가 매우 어렵다고 생각됩니다. 벽지 문제, 풀 농도 문제, 난방과 같은 온도 문제, 작업자 숙련도 등등이 있는데 도배사로서 작업하면서 최대한 하자가 발생하지 않도록 주의를 기울여서 진행할 수밖에 없습니다. 완벽하게 이음매가 보이지 않도록 하는 게 정석이지만 위의 여러 이유로 인해 현장의 품질 요건에 맞춰서 최선으로 작업을 진행하는 수밖에 없는 것 같습니다

1. 벽지 문제

어두운색의 포인트 벽지나, 벽 벽지 중에서 두꺼운 벽지 종류는 이음매 하자가 자주 발생합니다. 포인트 벽지의 경우 정면에서 보면 분명하게 이음매가 잘 맞춰진 것 같지만 옆에서 보면 흰 선이 보이기 때문에, 앞면뿐만 아니라 옆면도 보면서 좀 더 꼼꼼하게 작업을 해야 합니다. 어두운색이기 때문에 상대적으로 풀 때가 잘 보여서 전 극세사 수건으로 물을 꽉 짜서 풀 때를 제거합니다. 거실 메인 벽지나 안방 벽지 중의 벽지 두께가 두꺼운 경우는 이음매가 겹치거나 솟아오르는 경우를 자주 발견합니다. 작업 시에는 분명히 잘 맞춰졌지만, 다음날 가

보면 어김없이 솟아오른 부위가 발견됩니다. 이 경우에는 풀 농도를 조절해서 풀죽임(퍼기)을 적당히 하여 작업을 하고 마무리하고 나오면서도 이음매에 문제가 있는 부위는 한 번 더 롤러로 맞춰주고 나옵니다.

2. 풀 농도 문제

천장 작업 시에는 기계의 풀 농도를 2.5 수준으로 맞추고 벽 작업 시에는 3.5 수준을 기준으로 하고 실제 작업을 하면서 이음매에 문제가 있으면 0.5씩 위/아래로 맞추면서 풀 농도를 조절합니다. 풀 봉지 2개에 퍼티용 양동이 한 개를 타고 있는데 너무 묽거나 되면 이것도 물양을 가지고 조절을 합니다. 이음매가 잘 나오기 위해서는 적정한 풀 농도와 풀 죽임(퍼기) 시간이 필요한 것 같습니다. 기계적으로 정할 수 있는 게 아니고 날씨, 풀 종류, 물양에 따라서 조절을 해야 하기에 풍부한 경험이 무엇보다 중요한 요소인 것 같습니다.

3. 날씨의 문제

도배도 날씨(온도)에 영향을 많이 받는 작업입니다. 너무 더우면 벽지의 풀이 빨리 말라서 문제가 되고 너무 추우면 벽지의 풀이 얼어버려서 시공에 문제가 발생합니다. 그래서 도배만 생각하면 우리나라 계절이 봄하고 가을만 있으면 좋겠다고 생각을 하기도 했습니다. 지난번에 작업한 현장은 난방을 너무 높게 틀어놔서 벽 코너에 꼬이는 현상과 이음매가 솟아오르는 현상이 다수 발생하여 원청사와 저희 모두 힘든 시간이었습니다.

4. 작업자의 숙련도 문제

매우 민감한 부분이고 완벽한 정답도 없는 문제라고 전 생각합니다. 5년이라면 그리 길지도 않은 제 도배 경력이지만 그동안 만나봤던 선배 도배사님들을 보면 이음매 작업을 위한 방법들이 다 달라서 어느 것이 정답이라고 생각할 수 없었고 결국 각자의 기준에 맞춰서 본인 스스로가 결정하고 작업을 해야겠다고 생각을 하였습니다. 첫 사수에게 어떻게 배웠는지 그리고 시간과 품질의 기준에 따라서 방법이 여러 가지겠지만 대략 하기의 세 가지 방법 정도로 작업을 하시는 걸 봤습니다.

1) 칼 헤라로 풀을 빼내고 롤러로 이음매를 마무리하시는 분
2) 아예 칼 헤라만 사용하여 풀도 빼내고 이음매를 맞추시는 분
3) 아예 롤러만 사용하여 이음매를 맞추시는 분

각자에 장/단점이 있어서 어떤 방법을 사용하시든지 그 결정은 본인에게 가장 적합한 것을 선택하면 될 것 같습니다. 전 세 가지 방법을 다 사용해봤는데 풀 양에 따라서 1번과 3번을

사용하지만 주로 롤러를 많이 사용하고 있습니다. 롤러를 사용하면 시간도 상대적으로 더 걸리고 손에 무리도 많이 간다고 하는데 처음 사수가 롤러를 주로 사용하셨던 분이라서 저도 롤러를 사용하는 게 습관이 되어버렸습니다. 지금은 이 방식이 더 자연스럽고 편해서 사용하는데 제게 배우시는 분들에게는 3가지 방법의 장단점에 관해서 설명해 드리고 선택은 본인들이 하시도록 맡기고 있습니다. 늘 느끼는 것이지만 도배를 하면 할수록 더 배울 점도 많은 것 같습니다. 시간이 지났다고 그냥 이전 방식대로 일하지 않으려고 하고 현장의 품질을 기준으로 좀 더 효율적으로 시간을 줄이기 위해서 새로운 방법도 시도해 보고 있습니다. 지금은 벽 정배를 한참 진행하고 있는데 주어진 시간 내에서 좀 더 많은 양을 쳐내려고 고민하고 있습니다. 다음에는 벽 정배를 중심으로 제가 작업하는 방식에 관해서 이야기를 나눠보고 싶습니다. 신축현장에는 저보다 훨씬 속도도 빠르신 분들도 많지만 제 경험을 나누다 보면 처음 도배에 입문하시는 분들에게 분명 도움이 되는 부분이 있을 것이고, 각자의 의견을 나누다 보면 저 또한 배울 점이 있을 것으로 생각되어 좋을 것 같습니다.

새벽에는 아직 조금 쌀쌀하지만, 점심에 식사하러 가는 중에는 따스한 햇볕에 웃음이 절로 나옵니다. 버스커 버스커의 벚꽃 엔딩을 들으며 신명 나게 일하는 제 모습을 기대해 봅니다. 대한민국 도배사 파이팅!

*블루칼라 그리고 도배사로서의 직업

오랜만에 글을 올립니다. 오늘은 어떤 글을 올릴까 고민을 해보았습니다. 도배 지식에 관한 글을 올리려고 했는데 어제 도배를 배우고자 하시는 분이 제게 보낸 메일을 읽고 나서 '도배사'란 직업에 대해서 글이 쓰고 싶어졌습니다. 블로그와 카페활동을 시작한 동기도 처음 도배를 접하시는 분들에게 조금이나마 도움이 되고자 글을 쓰기 시작한 것이라서 이 글도 그 연장선에서 써보려고 합니다. 다만 제 개인적이고 주관적인 글이라서 동의하지 않으시는 분들도 계시겠지만 너그러이 이해해주시기 부탁드리겠습니다.

우리나라는 21세기를 살아가면서도 여전히 블루칼라 직종에 대해서는 직간접적으로 무시하는 경향이 있는 것 같습니다.

그러기에 대부분 사람이 화이트칼라 직종에서 일하기 위한 직업을 선택하는 것 같습니다. 저조차도 고등학교를 졸업하고 미래의 꿈을 사업가로 정하면서 당연하게 대학을 가야 하는 것으로 생각했고 무역학과를 졸업한 뒤 의류 수출회사에 입사하여 회사원으로 15년간 일했습니다. 2007년 35살의 나이에 제 사업을 시작해 보겠다고 잘 다니던 회사를 그만두고 헤드헌팅 회사에 들어가서 1년간 일을 했지만, 그조차도 화이트칼라 직종이었습니다. 그 당시 회사를 그만두고 새 일을 알아보면서 블루칼라 직종을 찾을 생각은 전혀 해보지도 않았습니다. 지금 생각해 보니 성공이라는 목표를 위해서 돈 많이 벌고 남들에게 보이기 좋은 깔끔한 양복을 입고 깨끗한 사무실에 앉아서 일할 수 있는 직종을 찾고 있었던 것 같습니다. 전 리먼 브러더스 사태로 헤드헌팅 사업도 지속하지 못하고 가족의 생계를 위해서 찾은 직업이 다시 일반회사원으로 돌아가는 것이었습니다. 그리고 6년간 방글라데시 공장의 사무실에서 일했습니다. 시간이 흘러 우여곡절 끝에 2014년 가족과 함께 한국으로 들어온 후 결국 다시 일을 시작한 것도 역시 같은 직종의 일반 회사원이었습니다. 하지만 43살의 나이로서는 회사에서 안정적으로 정착하는 게 쉽지 않았습니다. 실적의 압박과 상사의 폭언에서 너무 많은 고민을 했고 불안한 회사의 위치에 결국 45살에 다시 찾은 직업이 도배사였습니다. 프랜차이즈 사업이나 소자본 창업은 여러 가지 이유로 제게 선택지가 될 수 없었기에 결국 선택할 수 있는 직업이 진입장벽이 높지 않은 블루칼라 직종(기술직)이었습니다. 귀농, 용접, 떡 만드는 기술, 택배 등등

…. 이마저도 정보를 구하다 보면 자신감 있게 정착할 가능성이 너무 낮아 보였습니다. 결국, 가족을 책임져야 하는 가장으로서 마지막 선택이라는 절실한 맘으로 인테리어 분야에 진입하기 위해서 국비 지원으로 학원에 등록한 뒤에 타일을 한달간 배우고 난 후에 낮에는 공사 현장에서 일하고 밤에는 도배를 3개월간 배웠습니다. 그리고 마침내 2015년 11월 처음 평촌에 있는 신축 아파트 현장에 도배를 배우기 위해서 첫 출근을 했습니다. 외부에서 일하는 분들에 비해서 상대적으로 안전한 곳이였지만 말이 도배사였지 그냥 건설현장 막노동이라는 직업이었습니다

15년간 깨끗한 양복을 입고 안락한 사무실에서 일했던 제가 이런 곳에서 잘 견뎌낼 수 있을까 고민을 하면서 일을 배웠던 것 같습니다. 여러 일과 힘든 시간이 있었는데 그 내용은 다음에 다시 자세하게 적어보겠습니다. 그 시간을 잘 견뎌내고 다행히 좋은 분들을 만나서 5년의 세월이 흐른 2019년 오늘도 여전히 도배사로서 일하고 있습니다. 그리고 도배사로 지내다보니 여러분들이 신축현장에서 계시다가 일반 재도배 분야로 옮기시는 것을 봤습니다. 개인의 성향과 신축현장이 가지고 있는 위험하고 열악한 환경 때문인 것 같습니다. 하지만 9일 정도 일반 재도배 쪽에서 일해본 결과, 저와는 여러 이유로 맞지 않는다고 생각해서 전 계속 신축현장에서 일하고 있습니다. 현재는 아내도 같이 일하고 사정상 누님도 데려와서 같이 일하고 있는데 힘든 현장에서 일하는 두 사람을 보면 안쓰러운 마음이 들기도 합니다. 하지만 5년간 일해본 저는 왜 2007년에 도배사와

같은 기술을 배우지 않았을까 하는 생각도 해보았습니다. 열심히 일한 만큼 정직하게 돈을 벌 수 있고 회사 생활과 같이 맘에도 없는 행동과 말을 하지 않아도 돼서 마음만큼은 너무 편하고 좋았습니다.

지금은 제 친구들과 가족/친지들에게 떳떳하게 신축현장에서 일하고 있는 도배사라고 말할 수 있을 정도로 제 직업이 감사하고 행복합니다. 깨끗한 양복과 사무실에서 일하지 않고 더러운 작업복을 입고 풀방과 현장에서 힘들게 몸을 쓰면서 일하지만, 가족을 부양하고 몸이 건강할 때까지 더 열심히 일하려고 합니다. 요즘은 건설 경기가 좋지 않아서 일 양이 줄어들었고 단가도 떨어진다는 말들이 많은데 실제로 제가 일을 하면서도 느끼고 있습니다. 그러나 신축 아파트를 계속 건설하는 한, 서울 경기를 떠나서 지방 어디라도 가서 일할 맘의 준비가 되어있습니다. 현실을 무시하면 안 되겠지만 긍정적인 마음가짐은 늘 중요한 것 같습니다. 소망은 호주와 같이 의사와 배관공이 친구가 되어서 일을 마치고 난 후 같이 맥주 한잔하며 웃을 수 있는 블루칼라와 화이트칼라를 구분 짓지 않는 우리나라가 되었으면 좋겠습니다. 그렇게 될 수 있도록 우리들의 의식도 변해야 할 것 같습니다. 그러면 모든 대부분의 아이들이 서울의 좋은 대학에 들어가고 대기업과 공기업에 들어가기 위해서 치열하게 경쟁을 더 하지 않아도 될 것 같습니다. 그렇게 회사에 들어가도 치열하게 경쟁하며 일하다가 나이 50세도 되기 전에 회사에서 나와서 저와 같은 선택에 몰리게 되는 상황이 오게 되니 말입니다. 아내를 설득해서 제 자녀들에게는 무리하게 공부를 강요하지 않고 학창시절에 실컷 놀게 하려고 합니다. 경쟁에 이기기 위해서 치열하게 학원에 다니며 공부하기보다는 가족, 친구와 함께 행복했던 추억을 많이 가지길 원하고 있습니다. 이런 제 교육관에 아내는 많이 걱정하지만, 지금껏 살아온 저의 인생을 돌아보면 맞는 선택이라고 믿습니다. 아이들은 무언가에 떠밀려 살아가지 않고 본인이 행복한 일을 찾아서 살아가길 소망해봅니다.

추운 겨울이 벌써 지나가고 낮에는 따스한 햇볕에 몸이 행복을 느낍니다. 봄 도배의 계절이 성큼 다가옵니다. 오늘도 성실히 일하시는 분들이나 저와 같이 편안한 휴식을 보내시는 모든 대한민국 도배사님들 파이팅!

*도배직업과 도배사로서의 전망

　동탄 현장도 감사하게 어려움 없이 잘 마친 것 같습니다. 누님이 예기치 못하게 합류를 못 했기 때문에 시공완료일을 맞추기가 어려웠지만, 다행히 아내와 저의 호흡이 잘 맞아서 작업효율이 예전보다 빨라진 것 같습니다. 다음 현장은 오랜만에 지방에서 일할 것 같습니다. 원래는 파주에서 일하려 했는데 선행 연결이 잘 안 되어서 할 수 없이 원주에서 6월 한 달간 천장 작업만 하게 되었습니다. 대학을 졸업하고 18년 만에 원주에 다시 가보게 됩니다. 나중에 시간이 되면 학교운동장을 아내와 함께 잠시 걷고 싶습니다.

　가끔 저에게 도배 관련으로 문의하시는 분들의 공통적임 관심사가 '도배사로서의 전망'이었습니다. 이 주제는 처음 도배에 입문하시려는 분이나 시작한 지 얼마 안 된 분이나 또한 오랜 시간 도배 쪽에서 일하시는 분들에게도 민감하면서도 중요한 사항이라고 생각됩니다. 제가 처음 입문했던 2015년과 지금의 상황은 많이 다른 것 같습니다. 도배 경력으로는 오랜 시간이 아니고 당연히 제 주관적인 생각으로 쓰기에 정답이라고 생각하지는 않습니다. 다만 여러 가지 상황으로 인해서 새로운 직업을 찾는 중에 도배사란 직업에 대해서 고민하고 계시는 분들에게 조금이나마 판단하시는 데 도움이 되길 바라봅니다. 기본적인 전제는 전 모든 사항에 대해서 긍정적으로 바라보는 경향이 있음을 먼저 말씀드립니다. 비록 건설 경기뿐만이 아니고 한국의 경기가 전체적으로 매우 어려운 상황에 있음은 모두 다 알고 있는 사항일 것입니다. 앞으로 나아질 것이라는 전망보다는 더 어려워질 것이라는 이야기들을 더 많이 접하는 것도 사실입니다. 불안한 이 시기에 맘을 굳게 다잡는 것은 너무나 중요한 덕목인 것 같습니다.

제 생각에 상대적으로 도배를 포함한 기술직은 일단 진입장벽이 그리 높지 않습니다. 특히 건설현장의 도배 분야는 지금의 일이 많이 없는 중에서도 밴드나 카페를 보다 보면 초보나 보조분들을 찾는 글을 왕왕 보게 됩니다. 단 일을 시작하고 난 뒤 최종 기술을 배워서 홀로서기까지 헤쳐나가야 할 많은 어려움을 만나게 됩니다. 그러나 그런 어려움은 도배기술뿐만이 아니고 어떤 직업과 일을 하더라도 발생하는 문제라고 저는 생각합니다. 그 시기가 일 년이 될지 3년이 될지는 개개인의 능력과 노력에 따라서 천차만별인 것 같습니다. 참고로 전 홀로서기까지 2년의 세월이 소요됐는데 이것도 신축현장에서 사용될 기술이며 아직도 배워야 할 부문이 많다는 것을 인정합니다. 또한, 기회가 되어서 일반 재도배 분야에서 일하게 된다면 다시 새롭게 배워야 할 부문도 너무 많다는 것을 잘 알고 있습니다. 그래서 기술이든지 지식이든지 겸손한 마음으로 평생에 걸쳐서 배워야 한다는 마음가짐이 필요한 것 같습니다. 하지만 일정 수준의 도배기술을 배웠다면 그리고 품질과 속도가 남들에게 뒤지지 않을 만큼 실력이 올랐다면 이런 불경기에서도 일은 계속할 수 있을 것입니다. 건설현장에 물량이 기존의 1/3로 줄었다 하더라도 아예 아파트를 안 짓지는 않습니다. 그리고 경기는 사이클이기 때문에 물량이 줄면서 몇 년 후에는 재건축이든지 신도시든지 새로운 기회가 생기게 됩니다. 저출산과 핵가족화 그리고 일본의 20년 장기 불황과 같은 저성장에서도 분명히 기회는 있다고 저는 생각합니다. 다만 그 기회를 잡기 위해서 본인의 실력과 인맥을 묵묵히 늘리는 노력이 분명히 필요합니다. 그래서 저는 용기를 내서 도배사를 제2의 직업으로 삼아도 괜찮고 도전도 해보시라고 권하고 싶습니다. 땀 흘린 만큼 정직하게 벌 수 있는 일이고 또한 회사일과 비교하면 남 눈치 잘 안 봐도 되는 직업 중의 하나라고 생각합니다.

그리고 도배를 배우시는 분들에게 제가 요즘 들어서 추가로 하나 조언을 해드리는 게 도배라는 직업만 생각하면 나중에 예기치 못하는 상황에 닥칠 수 있으니 대안은 꼭 준비하시라고 말씀드립니다. 그러면 안 되겠지만 도배일을 하다가 다치거나 몸이 상해서 일을 못 할 수도 있습니다. 생각보다 도배일이 육체적으로 만만치 않은 일입니다. 물론 신축현장에서 일하는 상황이 더욱 열악하기는 합니다. 그래서 여러분들이 신축현장을 떠나서 일반 재도배 분야로 옮기시는 것 같습니다. 저는 5년이 돼가는데 다행히 크게 다치거나 몸이 상하지는 않았지만 이번에 누님을 보면서 많은 생각이 들었습니다. 그래서 요즘은 무리하게 수량을 받지 않고 속도도 조절하며 일하고 있습니다 그리고 원주 현장에서는 격주로 토요일에 쉬면서 재충전을 하려는 생각도 해보고 있습니다. 또한, 만약의 상황을 대비해서 추가로 준비하는 것도 있습니다.

글이 많이 길어졌습니다. 지금도 여러 문제로 밤잠을 설치면서 고민하고 계실 여러분들을 응원합니다. 힘내시고 용기를 갖고 맘을 단단히 먹으시기 바랍니다. 전 요즘 책을 읽으면서 많은 도움과 힘을 받고 있습니다. 제가 읽었던 책 중에 추천하고 싶은 책들은 다시 따로 올리겠습니다. 오늘도 일하시거나 쉬고 계실 모든 분들을 응원합니다. 대한민국 도배사 파이팅!

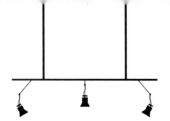

에필로그

작은 소망 중의 한 가지를 또
마친 것 같습니다

　새롭게 시작하는 2021년 올 한해였는데 마음에 품고 있었던 작은 소망 중의 하나를 꼭 실천해 보고 싶었습니다. 아직 살아온 삶이 그리 길진 않지만 나름 50년을 살아오면서 겪었던 인생의 굴곡이 있었기에 도배라는 키워드를 가지고 그간 블로그에 써왔던 제 이야기를 책으로 만들어 보고 싶었습니다. 책의 제목을 어떻게 정해야 하나 많은 후보를 가지고 긴 시간 동안 고민을 하였습니다. 그래서 제가 생각하고 있던 전체 맥락에 맞게 '도배 선물 받은 두 번째 삶'으로 결정을 하였습니다. 큰 두 번의 수술 후 새롭게 살아가고 있는 제 삶이 그렇고 15년간의 회사 생활을 뒤로하고 새롭게 시작한 도배사로서 살아가는 삶이 제게는 선물 받은 두 번째 삶이라고 생각되었습니다.

그렇게 2021년 한 해 동안 계속 도배일을 하며 틈틈이 정리하다 보니 11월이 돼서야 초고가 마무리되었습니다. 올 초에 소망했던 대로 12월에 출판사에 원고를 넘기면 늦어도 내년 초에는 출판이 될 것 같습니다. 그저 느끼는 대로 진솔하게 정리를 해나가다 보니 200페이지를 넘는 긴 이야기가 된 것 같습니다. 삶 속에서 지치시거나 고달픈 인생을 살아가는 분들에게 미력하나마 제 이야기를 통해서 조그마한 위로가 되길 바라봅니다. 또 기대해보기는 선물로 받은 남은 삶을 대한민국의 평범한 도배사로 살아가면서 두 번째와 세 번째 책도 다시 써 내려 가보길 소망해봅니다.

대한민국 도배사 파이팅!